AF139305

Das Buch

Für Bankdirektor Rudolf Goldfuchs zählen nur die Margen zwischen Soll- und Habenzinsen und die Sicherheiten der Kreditnehmer. Sein streng rationales Denken gerät ins Wanken, nachdem eine Mitarbeiterin ihn mit Phänomen konfrontiert, die sich jeglicher Rationalität entziehen, gleichwohl Realität sind. Bereits kurze Zeit darauf beteiligt sich Goldfuchs an einem Hubschrauberflug, um mit einem homöopathischen Mittel die Algenpest in der Nordsee zu bekämpfen. Er wird mit weiteren unerklärlichen Ereignissen konfrontiert, beispielsweise mit der erfolgreichen Bekämpfung des Baumsterbens mit Hilfe von Biomagneten.

Diese und die weiteren Erzählungen berichten von unerklärlichen Vorkommnissen, die rational zwar nicht zu erklären sind, von Wissenschaftlern als Unsinn oder Spinnerei verschrobener Mensch bezeichnet werden, jedoch unumstößliche Tatsachen darstellen. Was dem Leser als überschäumende Phantasie des Autors erscheint, kommt der Wirklichkeit am Nächsten. Was dagegen als realistisch einzustufen ist, hat es tatsächlich nie gegeben.

Die Erzählungen entführen den Leser in eine andere Welt und zeigen auf, dass unsere Welt viel mehr ist, als das, was wir mit dem Verstand erfassen können und was rationale Wissenschaft erklären kann. Zugleich wird deutlich, dass die Zukunft ungeahnte Möglichkeiten zur Überwindung aktueller Probleme bietet, an die heute Entscheider in

Politik, Wirtschaft und Gesellschaft überhaupt nicht zu denken wagen.

Zehn spannende Erzählungen, die belegen: Wir können heute gar nicht unorthodox und phantasiereich genug denken, um der Wirklichkeit von morgen am Nächsten zu kommen.

Es ist schwieriger, eine vorgefasste Meinung zu zertrümmern als ein Atom. (Albert Einstein)

Der Autor

wurde 1943 am linken Niederrhein geboren, ist gelernter Landwirt und bewirtschaftete einige Jahre ein Gut. Nach Wanderjahren in England, Schweden und Russland folgte ein Ingenieurstudium, anschließend studierte er Agrarwissenschaften und promovierte mit einem regionalpolitischen Thema. Langjährig war er als Politikberater in Deutschland und in der Schweiz tätig und widmete sich viele Jahre in Führungsfunktionen der Entwicklung des Handwerks und der mittelständischen Wirtschaft. Hogeforster baute die Zukunftswerkstatt auf, die er bis heute betreibt, und gründete das Hanse-Parlament, in dem er sich aktuell engagiert.

Der Autor hat zahlreiche Fachpublikationen veröffentlicht, verschiedene Erzählungen, die er als „Märchenbücher für Erwachsene" bezeichnet, verfasst und moderiert eine monatliche Fernsehsendung.

DIE FALSCHE SEITE...

Die Versuchung des Goldfuchs und andere Erzählungen

Die Versuchung des Goldfuchs
Die Gesellschaft der Schafe
Des Menschen Engel ist die Zeit
Höre, was ich nicht sage
Sozialer Kältetod
Karl Funktionär
Herrn Ers Kulturkampf
Die Profis
Die Welt ist ein Spiegel
Management by OAS

Die Erzählungen handeln von Menschen, die nach dem Medizinrad der Indianer als Krafttier den Adler haben könnten. Sie sind frei im Denken und Handeln, betrachten von anderer Warte aus die Welt und erkennen so die Wirklichkeit.

Ich bin frei geboren. Frei wie der Adler.
Der über den großen blauen Himmel schwebt.
Ein leichter Wind streift sein Gesicht.
Ich werde frei sein.
Dion Panteah (15 Jahre)

Text: Jürgen Hogeforster
Zeichnungen: Kathrin Seher
Gestaltung Umschlag: Hannes Ujen
Titelbild: Horst Wolniak

DIE VERSUCHUNG DES GOLDFUCHS

Vorwort

Wer vor einigen Jahren gesagt hätte, dass in der DDR die Mauer fallen und ein Weg der freiheitlichen Demokratie beginnen würde, der wäre sofort als Spinner, Fantast oder bestenfalls als tollkühner Visionär abgetan worden. Heute ist eine solche unglaubliche Utopie bereits wunderbare Realität.

Unsere Geschichte hat nichts mit der erfreulichen Entwicklung in der ehemaligen DDR zu tun. Oder etwa doch? Vielleicht hat der Fall der Mauer in einigen eine Art Goldgräber–Mentalität geweckt: Im Osten nach Gold zu suchen – das ist schon eine Versuchung für den westlichen Goldfuchs.

Unsere Geschichte handelt von kaum glaublichen Geschehen. Was ist davon Wirklichkeit, was pure Fantasie? Diese Fragen müssen die Leser sich selbst beantworten. Nur so viel sei verraten: was sich vielleicht als unglaubliche Utopie anhört, kommt der Realität am nächsten. Was dagegen dem Leser vielleicht glaubhaft erscheint, entspringt eher der Fantasie des Autors.

Die Versuchung

Langsam verliertr Direktor Rudolf Goldfuchs die Geduld. Die Finger seiner linken Hand beginnen auf der Schreibtischplatte zu trommeln. Mit der rechten Hand zerrt er an seiner penibel gebundenen Krawatte, so als wolle er sich Luft verschaffen. Seit 15 Jahren leitet er diese angesehene Bank. Aber so etwas wie in der letzten halben Stunde ist noch nie passiert. Seit genau 30 Minuten quält ihn seine junge Angestellte Renate Klar mit penetranten Fragen, warum er denn nicht Geld in Umweltschutzprojekte investieren wolle.

Dieses freche Fräulein Klara war doch einfach in sein geheiligtes Direktionszimmer hineinspaziert und hatte ihm, dem seriösen Bankdirektor, einen naiven und völlig unrealistisch Vorschlag präsentiert: "Herr Direktor, ich schlage Ihnen vor, dass wir sehr eng mit Personen und Gruppen zusammenarbeiten, die sich mit Umweltschutz befassen. Und deren einzelne Projekte sollten wir, selbstverständlich nach einer sorgfältigen Überprüfung, unterstützen. "

Schon bei diesem ersten Worten hatte Direktor Goldfuchs verächtlich geschraubt. Ausgerechnet mit diesen grünen Spinnern, die von Ökonomie und Geldgeschäften keinen blassen Schimmer haben, sollte er zusammenarbeiten.

Aber Fräulein Klar hatte sich von seinen ablehnenden Zwischentönen nicht aus dem Konzept bringen lassen. Unbeirrt hatte sie weiter ihre Idee vorgetragen: „Bei unseren sämtlichen Filialen in der Stadt legen wir dann Listen mit förderungsfähigen Umweltschutzprojekten aus. Bei einer intensiven Beratung durch unsere Angestellten können unsere Kunden entscheiden, welches Projekt sie unterstützen wollen, und darin ihr Sparkapital anlegen. Je nach dem Schwierigkeitsgrad und den Erfolgsaussichten können unsere Kunden sich dabei für unterschiedliche Zinssätze für ihr Sparkapital entscheiden. Wer es sich leisten kann und ein ganz besonderes Anliegen hat, verzichtet vielleicht ganz auf Sparzinsen. Jemand anderes wird vielleicht ein Vorhaben auswählen, das ihm noch den normalen Zinssatz bringt, zugleich aber erlaubt, mit seinem eigenen Geld zum Umweltschutz beizutragen."

„Ausgemachter Blödsinn!", hatte Direktor Goldfuchs nur protestiert und begonnen, Füllfederhalter, Bleistifte und Notizzettel auf seinem Schreibtisch neu zu ordnen. Aber auch von dieser deutlichen Ablehnung ließ sie Fräulein Klara nicht bremsen. Sie hatte ganz einfach sein Zwischenruf nicht zur Kenntnis genommen und weiter ihr Vorhaben beschrieben: „Unsere Kunden erhalten dann regelmäßig Informationen über den Fortgang ihrer Umweltprojekte, in denen sie ihr Geld investiert haben. Wir geben Adressen weiter und stellen Kontakte zu den Projektträgern her, so dass sich die privaten Investoren selbst vor Ort überzeugen können, was mit ihrem Kapital geschieht. Auf diese Weise stellen wir direkte Beziehungen und eine Fühlbarkeit her, die ganz bestimmt unserem gesamten Bankgeschäft zugutekommen."

An dieser Stelle hatten Herrn Direktor Goldfuchs erste nervöse Zuckungen begonnen. Er hatte ausführlich dargelegt, warum dies alles nicht, aber auch gar nicht mit den Geschäften einer seriösen Bank zu vereinbaren sei. Als Fräulein Klar seinen doch so fundierten in langjährige Berufspraxis erfahrenen Argumenten nicht folgen wollte, hatte er schließlich ins Feld geführt, dass Fräulein Klar nichts von Bankgeschäft verstünde und hier bei ihm in dieser angesehenen Bank auch nur eine Anstellung bekommen hatte, weil er sich ihrem Vater sehr verpflichtet fühlte. Eine solch hübsche junge Frau sollte seines Erachtens gar nicht im Kreditgeschäft tätig sein, lieber heiraten und zuhause für die Familie sorgen. Aber wenn sie nun schon einmal unbedingt berufstätig sein wollte, so solle sie doch ein wenig dankbar sein und ihn, den guten Direktor Goldfuchs, mit ihrem abenteuerlichen Ideen in Frieden lassen.

"Sehen Sie, Fräulein Klar, Sie sind doch eine gescheite Diplomkauffrau." Und bei diesen Worten sieht er sie Beifall heischend an, weil er doch so gescheit auf die Emanzipation anspielt. Aber leider reagierte auch darauf Fräulein Klar überhaupt nicht. Sichtlich irritiert setzt Rudolf Goldfuchs erneut an: „Also, Sie haben doch studiert, sich mit Ökonomie befasst. Ich habe den Eindruck, man hat sie dort mit Theorien vollgestopft, und all die linken und grünen Spinner an der Universität haben sie völlig durcheinandergebracht. Sie sehen das alles viel zu kompliziert. Das Bankgeschäft ist nämlich letztlich ganz einfach, das ist eben das

Geniale. Es kommt auf zweierlei an: erstens auf unsere Marge zwischen den Haben– und den Soll–Zinsen. Denn das ist unser Geschäft. Und zweitens auf die Sicherheit, die derjenige hat, dem wir das Geld unserer Sparer anvertrauen. Zinsmarge und Sicherheit, das ist das ganze Geheimnis des Geschäftes. In dieses Geschäft passen einfach ihre unsicheren und höchst fragwürdigen Umweltschutzmaßnahmen mit projektspezifischen Zinssätzen überhaupt nicht hinein."

Erschöpft lässt Direktor Goldfuchs sich in seinen Sessel zurückfallen. Er ist sicher, nun hat er diese rebellische Frau endlich überzeugt. Aber hier irrt sich der geschäftstüchtige Bankdirektor. Mit leiser aber sicherer Stimme erwidert Fräulein Klar: „Herr Direktor Goldfuchs, ich kenne ein anderes Erfolgsgeheimnis, das Saint-Exupéry in „Der kleine Prinz" dem Fuchs sagen lässt: `Hier ist mein Geheimnis. Es ist ganz einfach. Der Mensch sieht mit dem Herzen gut. Das Wesentliche bleibt den Augen verborgen." Und nach einer kurzen Pause fügt sie hinzu: „Ich habe den Eindruck, Sie schauen allzu sehr nur mit den Augen und vergessen das Herz."

Mit einer Geschwindigkeit, die man dem völligen Körper gar nicht zugetraut hätte, schnellt Rudolf Goldfuchs aus seinem tiefen Sesseln nach vorn. Soeben zerrte seine Hand noch an der Krawatte. Nun fliegt sie donnernd auf die Schreibtischplatte und wie bei einem Vulkan bricht es brodelt aus Goldfuchs` Mund hervor: "Das geht zu weit. Mein Herz geht Sie überhaupt nichts an. Mein Herz hat doch wirklich nichts mit dem Geschäft und erst recht nichts mit ihrem absurden Umweltideen zu tun. Nicht Herz ist in unserem Geschäft, sondern Zinsmargen und Sicherheiten. Prägen Sie es sich jetzt endlich ein, damit Sie es nie vergessen: Zinsmarge und Sicherheit."

Dieser eruptive Ausbruch hat anscheinend keine Wirkung, denn völlig unbeeindruckt fährt Fräulein Klar vor: „Herr Direktor, Sie können die Welt nicht auf Zinsmargen und Sicherheiten reduzieren. Schauen Sie, auch bei meinem Umweltprojekten fragen Sie nur nach eindimensionalen kausalen Beziehungen: Welche Zinsmarge habe ich? Welche Sicherheiten werden gegeben? Unsere Welt lässt sich aber nicht in formelhafte Rechengleichungen hineinpressen. Sehen Sie doch bitte meinen Vorschlag einmal etwas ganzheitlicher und vernetzt. Vielleicht bringen meine Projekte nicht die höchste Zinsmarge. Aber wenn wir uns aktiv dem Umweltschutz widmen, dann wird das Ganze erheblich unser Image verbessern."

"Wir haben doch gerade einen Schülerwettbewerb zum Umweltschutz gesponsert", unterbricht sie Direktor Goldfuchs erregt. "Soll ich denn noch mehr gutes Geld für Werbung ausgeben, nur um ein grünes Images zu schaffen?"

"Was hilft dieses Geld für Werbungszwecke", fährt Renate Klar fort, "wenn wir uns selbst nicht dem Umweltschutz verpflichtet fühlen, selbst nichts dafür tun? Dann ist unsere Werbung unglaubwürdig. Den Betrug spürt doch jeder mit seinem Herzen."

„Immer ihr blödes Herz und all diese Gefühlsduselei", wirft Goldfuchs verächtlich dazwischen.

"Ja, das Herz. Wir sollten es auch bei unserer Werbung beachten", entgegnet Fräulein Klar schlicht. "Aber es ist nicht nur die Werbung. Schauen Sie, uns fällt es immer schwer, geeignete Nachwuchskräfte zu gewinnen. Junge Leute sind besonders sensibel in allen Umweltfragen. Und wenn wir uns einem aktiven Umweltschutz widmen, wird es uns viel leichter fallen, engagierte junge Leute für uns zu gewinnen. Oder denken Sie an mögliche Folgeinvestitionen. Der Umweltmarkt ist das größte Wachstumsfeld. Wenn wir uns mit meinem Vorhaben einen Namen als ideenreiches, engagiertes und glaubwürdiges Finanzierungsinstitut für Umweltfragen machen, werden auch Unternehmen, Forschungsinstitute und ebenso der Staat die Finanzierung ihrer Umweltschutzprojekte uns anvertrauen."

„Fantasien, nebulöse Visionen und nichts als Wunschdenken", platzt Direktor Goldfuchs dazwischen. Und endlich hat er sein Argument zur Beendigung der Debatte gefunden. "Bringen Sie mir Beweise. Ich brauche klare berechenbare Beweisführung. Dann können wir weiter reden. Über Gefühle kann ich nicht entscheiden."

"Beweise?", fragt Fräulein klar zweifelnd und auch ein wenig verzweifelt. "Ich kann es nicht beweisen, nicht berechenbar machen."

Zufrieden lehnt sich Direktor Goldfuchs zurück, zieht die Krawatte zu recht und faltet die Hände ein wenig selbstgefällig vor seinem deutlich hervortretenden Bauch. Er hat es wieder einmal geschafft. Oder doch nicht? Denn mit neuem Entsetzen sieht er ein Strahlen in Renate Klars Augen aufsteigen. Und mit einem spitzbübischen Lächeln erwidert sie: „Gut, sie sollen ihre Beweise haben."

So kurz davor war Direktor Goldfuchs, sich einen guten Abgang zu verschaffen und das unerfreuliche Gespräch mit einem unschlagbaren Argument zu beenden. Nein, diese Chance lässt er sich nicht entgehen. Auf keinen Fall eine neue Diskussion. „Also gut, Fräulein Klar, legen sie mir ihre Beweise vor. Wie lange brauchen Sie dafür?"

"Eine halbe Stunde, " kommt es wie aus der Pistole geschossen, begleitet von einem alles überstrahlenden herzerfrischenden Lächelns.

"Ich bin kein Unmensch. Sie sollen sehen, dass auch ich Herz habe", antwortet Goldfuchs spröde. "Sie dürfen jetzt Mittagspause machen. In meiner Position kann ich mir das nicht mehr leisten. Ich muss jetzt ins Rathaus zu einem Arbeitsessen. In zwei Stunden bin ich wieder da. Und dann will ich ihre Beweise auf den Tisch liegen haben."

So eilt Direktor Goldfuchs flugs davon, bestärkt in dem Wissen, dass nur die wichtigsten Leute der Stadt zu einem Essen ins Rathaus geladen werden. Und wenn schon der Erste Bürgermeister endlich nach fünfzehn Jahren Goldfuchs` Wichtigkeit für Geschäft und Wirtschaft in der Stadt erkannt hat, dann soll es ihm später nicht schwer fallen, die Beweise von Fräulein Klar zu zerpflücken und wie eine Seifenblase in der Luft zerplatzen zu lassen.

Doch hier irrt dieser wichtige Mann erneut. Zunächst begibt sich jedoch Direktor Goldfuchs angefüllt mit dem sicheren Wissen um die Bedeutung der eigenen Person, in das Rathaus. Ausgerechnet bei diesem würdevollen Anlass, um den ihn seine Ehefrau Gerdi schon seit Wochen beneidet und die all` ihren Freundinnen beim Kaffeeklatsch davon berichtet und ein wenig von Glanz und Gloria ihres Ehegatten auf die eigene Person umgelenkt hatte, ja ausgerechnet in dieser denkwürdigen Stunde erlebt er seine nächste herbe Enttäuschung. Hat doch dieser Protokollchef ihn über drei Tische hinweg, aber immerhin in direktem Sichtkontakt zum Ersten Bürgermeister und dem hochverehrten Staatsgast platziert, allerdings diesen Ausländer zu seinem Tischnachbarn ausgewählt. Als dieser redselige Grieche erfährt, dass Goldfuchs – pardon, Herr Direkter Goldfuchs, bitteschön – das erste Bankhaus am Platz leitet, unterbreitet er direkt seine Theorien zum deutschen Kapitalmarkt.

Anscheinend ist der Grieche in allen Geldangele-genheiten zuhause. Jedenfalls stellt er an Gold-fuchs gewandt fest: "Ich habe den Eindruck, in Deutschland zählen nur Großunternehmen und das sichere Kapitalgeschäft. In den USA hat der Mittelstand eine größere Bedeutung. Dort wird Ka-pital vielmehr in Zukunftschancen investiert. In Deutschland schaut man nur auf die Rente."

"Auf die Rendite", wirft Rudolf Goldfuchs, sich mühsam beherrschend, ein, "Sie meinen doch wohl die Rendite?"

"Nein, auf die Rente", meinte der Grieche im holp-rigen Deutsch. „Ich meine die deutschen Kapitalan-leger achten nur auf die zu erwartende sichere Rente."

„Und das ist die Rendite", doziert Goldfuchs bes-serwisserisch. "Rente, das ist was für die alten Leute, die keine Geschäfte mehr machen wollen, nur an ihren sicheren ruhigen Lebensabend den-ken."

"Also doch Rente", antwortet der Grieche vergnügt. "Die Deutschen denken nur an das ruhige, sichere Geschäft. Genauso wie jemand, der sich schon zur Ruhe gesetzt hat, nichts Neues mehr beginnt und keinerlei Risiko mehr eingehen will."

So ernüchtert ob der Einschätzung des Griechen – die Goldfuchs zunächst recht kalt lässt, dann aber eine besondere Gewichtung erhält, nachdem der geschäftstüchtige Bankdirektor vom Protokollchef erfährt, dass sein ausländischer Tischnachbar mindestens in dreistelliger Millionenhöhe schwer ist – so ernüchtert und in Gedanken, mit mehrstelligen Millionenbeträgen gewichtet, versunkenen, kehrt Goldfuchs an seinen Schreibtisch zurück und findet hier die nächste Überraschung vor: Die Beweisführung von Fräulein Klar.

Rudolf Goldfuchs zweifelt an seinem eigenen Verstand, als er diese höchst seltsame Beweisführung überfliegt. Sein Blutdruck erreicht einen neuen Höchstrekord, sein an sich schon rundlicher Kopf schwillt zu einem prallrunden, dunkelroten Luftballon an. Seine Kehle wird ihm zu eng. Nervöse Finger reißen die sorgfältig gebundene Krawatte ganz herunter. Und ungläubige Augen lesen Beweise und Sicherheiten, die in ein Bankgeschäft nie und nimmer hinein passen.

Rudolf Goldfuchs liest mit schierem Entsetzen den folgenden Vermerk einer Beweisführung für die abenteuerlichen Projekte von Renate Klar.

Die Beweise

Sehr geehrter Herr Direktor Goldfuchs,

Sie verlangen Beweise von mir. Gut, Sie sollen Sie haben.

Bei unserem Gespräch fielen mir die Worte von Karl August Musäus aus dem Jahre 1782 ein. Ich stelle sie meiner Beweisführung voran:

"Der Hang zum Wunderbaren und Außerordentlichen liegt so tief in unsere Seele, dass er sich niemals ausmerzen lässt. Die Fantasie, ob sie gleich nur zu den unteren Seelenfähigkeiten gehöret, herrscht, wie eine hübsche Magd gar oft über den Herren im Hause, über den Verstand. Der menschliche Geist ist also geartet, dass ihm nicht immer an Realitäten genügt. Seine grenzenlose Fähigkeit nutzt die Erfindungen einer fremden Zauberlaterne, um seinen philosophischen Forschungsgeist damit zu nähren."

Die Kirche und der Wissenschaft verdanken wir es, dass wir in unserem Leben diese hübsche Magd, das Außerordentliche und Wunderbare, allzu sehr verloren haben. Wir schauen unsere Welt nur mit dem Verstand an, zergliedern sie in messerscharfe rationale Analysen und entfremden damit unsere Welt. Wenn wir unser Leben nur mit den Augen anschauen und Gedanken dazu formen, haben wir bereits die Realität verfälscht.

Wir haben die schöpferische Vernunft, das Göttliche in uns verloren. Über Jahrhunderte lehrte uns die Kirche, dass wir nur ein fragmentarischer Teil des Göttlichen sind und nicht als ganzheitlicher Mensch existieren. Man hat das Göttliche irgendwo so hoch über uns angesiedelt, dass es für uns unerreichbar ist. Zwischen Mensch und Gott ist eine kaum überbrückbare Kluft entstanden. Und nur die Kirche bietet sich als allein selig machende Brücke an. Ein genialer, ausschließlich von Machtinteressen geprägter Schachzug: Die einzigartige Monopolstellung der Kirche als Mittler zwischen Gott und Mensch.

Damit ist das Göttliche aus dem Leben, aus uns selbst verschwunden. Wir haben Gott aus unseren Herzen vertrieben, von unserem täglichen Leben abgeschnitten und in Heiligtümer verbannt. Das Göttliche ist zu einem Störfaktor geworden. Und deshalb haben wir es eingemauert in Kirchen und verkörpert in toten Statuen aus Holz und Marmor, eingezwängt in Kälte, die uns umgibt:

Durch Konzil Beschlüsse lässt man Gott Dinge sagen, die er niemals gesagt hat, um in seinem Namen zu unterdrücken, um in seinem Namen das angeblich Gute für andere zu wollen und Macht auszuüben. Die Kirche hat den Menschen in zwei Hälften gespalten. Das haben wir bis heute nicht überwunden.

Denn die Wissenschaft hat diese Lehre und Machtspiele begierig aufgegriffen und die Spaltung gar wissenschaftlich untermauert. Bestand hat nur das, was rational erklärbar und beweisbar ist. Wir haben uns eine Welt geschaffen, die aus mathematischen Gleichungen besteht und mit der Realität nichts mehr zu tun hat. Der wissenschaftliche Mensch hat sich selbst ausgeklammert, sich selbst aus dem Paradies vertrieben. Die Natur ist uns fremd geworden. Unsere Seelen verkümmern. Und unsere Herzen erstarren. Diese jahrhundertelange Einseitigkeit des rationalen Prinzips hat dorthin geführt, wo wir heute stehen: Verkümmerte Seelen können die selbst erzeugte Kälte nicht mehr verspüren und treiben einem Kältetod entgegen. Erstarrte Herzen machen uns krank und wir flüchten in Drogenkonsum, Alkohol, Depressionen. Wir werden überschwemmt von einer Flut psychischer Krankheiten. Doch unser rationaler Verstand treibt unablässig weiter und kämpft um mehr materiellen Wohlstand. Dies scheint uns zunächst auch zu gelingen. Die Einkommen steigen, die Vermögen mehren sich. Doch wir müssen einen immer größer werdenden Teil unser Einkommen für Dinge verwenden, die wir eigentlich gar nicht wollen: Für die Bekämpfung von Krankheiten, für die Eindämmung lebensbedrohender Umweltschäden, für den Ausgleich sozialer Ungerechtigkeiten. Wir geraten in die paradoxe Situation, dass bei hohem materiellem Wohlstand viele immer ärmer werden. Und nun ist ein Stand erreicht, indem gar unser materieller Wohlstand bedroht ist. Unsere künstliche Welt fordert ihren Tribut und frisst ihre Schöpfer auf.

Unsere Rechenformel und Kausalketten stimmen plötzlich nicht mehr. In den Gleichungen tauchen immer mehr Unbekannte auf, die wir mit unseren Augen nicht sehen, mit unserem Verstand nicht klären können und als Zufälle bezeichnen. Das macht uns Angst. Mit wachsendem materiellem Wohlstand wachsen Angstneurosen und Unzufriedenheit. Und weil wir den anderen Teil des Menschen, das nicht Rationale, das schöpferisch Göttliche, in uns verloren haben, klammern wir uns an das, was uns geblieben ist, an dem materiellen Wohlstand, und verlieren damit unsere Freiheit.

Der Mensch, der sich anschickte, sich die Welt untertan zu machen und nach seiner Rationalität zu gestalten, wird zum kleinsten, ärmsten und abhängigsten Teil ausgerechnet der Welt, die er überwinden wollte. Und dies alles nur, weil wir den Menschen aus der natürlichen Ganzheit herausgelöst, in zwei Teile aufgespalten haben.

Wir müssen nun wieder das Ganze erkennen: Das Rationale und Emotionale, dass Objektive und das Subjektive, den Verstand und das Herz, die Rechenformel und die Vision, das Wissenschaftliche und das Magische.

Alles erkennen war, bevor es wissenschaftlich wurde, ursprünglich magisch. Darauf, Herr Direktor Goldfuchs, basieren meine Beweise, die mir spontan einfallen.

In vorchristlicher Zeit schufen die Kelten an bestimmten Plätzen in ganz Europa ihre Kultstätten, bei denen die Konstellation der Kräfte dem eigenen inneren Weg entsprach. Diese Stätten zogen Kräfte an, die nach dem Prinzip der sympathischen Resonanz das Gleichaltrige anzogen. Anscheinend kannten die Kelten schon damals ohne alle wissenschaftlichen Erkenntnisse und Instrumente die Linien der Erdenergie, die durch ganz Europa gehen und die uralten heiligen Orte miteinander verbinden. Heute stellen jedenfalls Radioästheten mit modernsten wissenschaftlichen Instrumenten fest, dass die alten Kultstätten der Kelten und ebenso auch christliche Kirchen, die später an diesen Stätten errichtet wurden, fast allseitig von unterirdischen Wasserläufen durchzogen sind.

Ohne moderne Messmethoden fanden die Druiden allein mit ihrem Krummstab, der an unserer heutigen Wünschelruten erinnert, in vorchristlicher Zeit Wasser– und Energiequellen. Sie haben sie entdeckt mit der hellsichtig ihres Herzens, mit der Einheit von Gefühl und Verstand gesehen. Heute stellt der Engländer Underwood fest, dass unter sämtlichen vorchristlichen Heiligtümern wie Steinkreise, Grabhügel und Menhire sich "blind springs" befinden, Quellen der Energie, die mit aufsteigendem unterirdischem Wasser in Verbindung stehen. Heute lässt der Bundesforschungsminister in einem aufwändigen Forschungsvorhaben herausfinden, ob die Wirkung der Wünschelrute wissenschaftlich nachgewiesen werden kann.

Von der uralten hyperboreischen Kultur wissen wir fast nichts, außer dass es sich um einen Raum intensivster Kommunikation handelte: Die Völker des Nordens von Skandinavien bis Labrador über Sibirien und Kanada standen in enger Verbindung. Heute bemühen wir uns, mit riesigem Aufwand die Gesprächsfähigkeit zwischen den Völkern wiederherzustellen und mit modernsten Kommunikationstechniken eine Verbindung über Kontinente hinweg zu ermöglichen.

Der Vater der abendländischen Medizin, Hippokrates, verordnete rund 400 Jahre v. Chr. bei Fieber und Schmerzen Weidenrinden-Tee. Er konnte es vielleicht nicht rational beweisen, doch er wusste um die Fieber senkende und schmerzstillende Wirkung der Weidenrinde. Heute haben wir in unseren wissenschaftlichen Labors festgestellt, dass die Weide besonders in ihrer Rinde viel Salizylsäure speichert. Gemäß diesen neuen, in Wirklichkeit jedoch uralten Erkenntnissen wurde vor rund 100 Jahren Aspirin erfunden, das den Wirkstoff Acetylsalicylsäure enthält.

Albert Magnus, Dr. Universales, galt im 13. Jahrhundert als Zauberer oder Heiliger. Dabei war er nur ein hervorragender Naturwissenschaftler und ausgezeichneter Mechaniker. Er schuf ein hölzernes Pferd, das mit einer genialen Mechanik bewegt wurde. Damals war dieser Roboter als Zauberei verschrien. Heute gelten Roboter als wichtigste Werkzeuge der Industrie. Damals sprang Magnus mit einer Konstruktion aus Stoff und Holz vom Schlossturm und landete unversehrt zwischen der erregten Bevölkerung, die dieses Teufelswerk verdammte. Heute sind Fallschirme das Natürlichste der Welt. Vor rund 700 Jahren schuf Magnus für Wilhelm König der Niederlande mitten im Winter blühende Gärten. Damals ein unfassbares Wunder. Heute erzeugen Gewächshäuser keinerlei Schlagzeilen mehr. Bis ins 18. Jahrhundert hinein waren die Schriften von Magnus verboten. Erst im Jahre 1931 wurde er von Papst Pius XI. heiliggesprochen, 1941 vom Papst Pius XII. zum Schutzpatron der Naturwissenschaften erhoben. Aber auch noch in unserer heutigen so modernen aufgeklärten Zeit gelten viele Erkenntnisse von Magnus, beispielsweise auf den Gebieten der Astrologie, der Metallkunde und der Medizin, als Zauberei oder Aberglaube oder werden von hochgelehrten Wissenschaftlern als Unsinn abgetan.

Vor knapp 500 Jahren hat der Engländer Thomas Morrus ein Reformprogramm für die Gesellschaft der damaligen Zeit vorgelegt. Morrus wurde damals geköpft und erst in diesem Jahrhundert rehabilitiert und vom Papst heiliggesprochen. Sein Reformprogramm ist für uns heute noch "nur" Vision zur notwendigen geistigen Erneuerung.

Von einem Indianerstamm in Peru berichtet man, dass er über ein Zaubertee verfügte, der Wunden, die nicht mehr heilen wollten, schnell verschließt, sobald sie mit diesem Zaubermittel bestrichen werden. Kranke, für die es keine Rettung gibt, werden wie durch Zauberei gesund, nachdem sie den Tee getrunken haben. Heute vor rund einem Jahrzehnt, erfuhr der Tiroler Klaus Keplinger das

Geheimnis: Der Tee wird aus der Wurzel einer mächtigen Schlingpflanze, dem Krallendorn, hergestellt. Heute ist wissenschaftlich nachgewiesen, dass die Wurzeln des Krallendorns ein Alkaloid enthält, dass die Abwehrkräfte des Körpers deutlich stärker mobilisiert als alle bisher bekannten pflanzlichen Stoffe.

Der französische Publizist Dominique Webb überraschte vor Jahren das Publikum in einem Pariser Theater. Er wurde auf der Bühne in drei Dimensionen leibhaftig sichtbar, ohne dort selbst zu stehen. Das Geheimnis dieses Wunders ist Holographie. Jean Louis Rebellion, ein Pionier dieses Verfahrens, hatte Webb mithilfe von Lasern auf einen Spezialfilm gebannt. Und auf der Bühne setzte der Laserstrahl das Bild wieder dreidimensional zusammen. Damals – und das ist es wenige Jahre her - ein Wunder. Heute schon fast etwas Alltägliches.

Auch unsere heutige Welt ist voll von wunderbaren Phänomenen, die wir zunächst mit unserem Verstand allein nicht erklären können. Auch das Bankgeschäft ist vielmehr als nur Zinsmargen und Sicherheiten.

Dies sind meine Beweise, Herr Direktor Goldfuchs, ganz einfach, weil ich weiß, dass das von mir vorgeschlagenen Umweltschutzprojekt ein gutes, lohnendes Ziel verfolgt. Weil ich weiß, dass unsere Kunden viel mehr als nur rationale Verstandesmaschinen sind, wird dieses Vorhaben erfolgreich sein.

Karl Rahner hat den berühmten Satz geprägt: Der Mensch der Zukunft wird ein Mystiker sein - oder er wird nicht sein.

Sie, sehr geehrter Herr Direktor, können nun entscheiden, ob Ihnen meine Beweise genügen und Sie die Zukunft gestalten wollen oder aber nicht sein wollen.

Renate Klar

Die Herausforderung

Nein, diese Art der Beweisführung genügt Direktor Goldfuchs auf keinen Fall. Wütend wirft er der Vermerk von Fräulein Klar auf den Schreibtisch, greift mit erneut zitternden Händen zum Telefonhörer und schreit mit vor Zorn und Empörung bebender Stimme in den unschuldigen Hörer: "Fräulein Klar, der Vermerk ist eine einzige Frechheit. Das sollen Beweise und Kalkulationen für ein Geschäft unserer Bank sein? Das ist eine Frechheit, eine bodenlose Unverschämtheit. Sie sind eine Närrin." Und nach einer kurzen Pause, die der erregte Rudolf Goldfuchs braucht, um wieder ein wenig zu Atem zu kommen, fügt er mit einem Anflug von Versöhnlichkeit in der Stimme hinzu: "Jedes Unternehmen verträgt einen Narren. Vielleicht ist es sogar gut einen Narren zu haben, der quer denkt. Sie, Fräulein Klar, sind unsere Närrin. Aber auf keinen Fall lasse ich mich selbst durch sie zum Narren machen. Die Sache ist erledigt. Ich ordne hiermit verbindlich an, dass sie an diesem Projekt nicht weiter arbeiten. Dieses Umweltprojekt ist für uns gestorben."

"Nicht für mich, Herr Direktor", antwortet Renate Klar mit ruhiger Stimme. "Dieses Vorhaben ist für mich zu wichtig, als dass ich es einfach zu den Akten legen könnte. Wenn das ihr letztes Wort ist, dann ist es besser, wenn sich unsere Wege trennen. Ich mag nämlich nicht in einem Unternehmen arbeiten, dessen Ziele überhaupt nicht mit meinen eigenen Lebensvorstellungen zusammenpassen und in dem nachdenken verboten und bestenfalls als Alibifunktion nur Narren erlaubt ist."

Ob dieser Steigerung der Unverschämtheit verschlägt es Direktor Goldfuchs gar die Stimme. Er kann nur noch brüllen: "Gut, ich nehme ihre Kündigung an", dann faselt er noch etwas von `Undankbarkeit der heutigen Jugend` und knallt schließlich in höchster Erregung den Telefonhörer auf den Apparat.

Sein Zorn über diese Unverschämtheit und seine menschliche Enttäuschung darüber, dass Fräulein Klar sich so schnell von ihm löst und frei ihren Weg entschlägt, hält den ganzen Nachmittag an und bekommen all` die zu spüren, die an diesem Tag noch mit Direktor Goldfuchs zu tun hatten. Diese Stimmung hat sich selbst am Abend nicht gelegt, als er nach einem reichhaltigen Essen mit seinem alten persönlichen und geschäftlichen Freund Hans Schmid bei einem guten Glas Rotwein vor dem heimeligen Kamin sitzend, über die Ungerechtigkeiten der Welt lamentiert.

Mit heiterer Gelassenheit hört sich Hans Schmid dem Bericht an, was sich alles tagsüber in der Chefetage der Bank abgespielt hatte und welche Qualen Rudolf Goldfuchs erleiden musste.

"Ich versteh dich nicht so ganz", kommentiert nun Hans Schmid den Bericht seines Freundes. "Das Fräulein Klar scheint mir eine ideenreiche und ebenso weitsichtige und tatkräftige Person zu sein. Ich will sie unbedingt einmal kennen lernen. Was hättest du riskiert, wenn du ihren Vorschlag im Rahmen eines begrenzten Versuchs erprobt hättest? Du hättest im schlechtesten Fall ein paar 1000 DM verloren, die bei der Bilanz deiner Bank überhaupt nicht aufgefallen wären. Andererseits hättest du aber sehr viel gewinnen und dabei noch etwas Gutes für unsere Umwelt tun können."

"Das empfiehlst ausgerechnet du mir?", fährt Rudolf Goldfuchs dazwischen, "du bist doch selbst Unternehmer, musst rechnen und kalkulieren und kannst nicht irgendeiner Gefühlsduselei nachgeben. Und allein deshalb sind deine Bilanzen in all` den Jahren so positiv."

Schmunzelnd antwortet darauf Hans Schmid: "Wir kennen uns nun so viele Jahre und wissen trotzdem so wenig voneinander. Sehr gut kennst du die Bilanzen meiner Firma. Aber weißt du, was dahinter steckt? Gewiss, ich muss hart rechnen und kalkulieren, um mich auf dem Markt zu behaupten. Aber was in die Kasse kommt, interessiert mich eigentlich wenig. Die Bilanz muss sowieso stimmen. Mich interessiert vielmehr, dass ich mit meiner kleinen Maschinenbaufirma eine gute Arbeit, erstklassige Qualität und perfekten Service liefere. Und mich interessiert, was ich vor mir persönlich, gegenüber meiner Familie und meinen Mitarbeitern und ebenso gegenüber den noch nicht geborenen Kindern meiner Kinder verantworten kann. Und nur weil ich das so sehe, stimmt auch der finanzielle Erfolg meines Betriebes."

„Nun fängst auch du noch damit an", reagiert Goldfuchs gereizt, "Verantwortung gegenüber Menschen, die noch gar nicht geboren sind. Das ist doch nur alles Gefühlsduselei. Menschen, die ich nicht kenne, die es noch gar nicht gibt, kann ich doch bei meinen heutigen Entscheidungen nicht einbeziehen, sie gar nicht kalkulieren."

„Und das ist es ja eben", meint Schmid, "das ist die andere Seite unseres Menschseins, von der Fräulein Klar in ihrer Beweisführung spricht. Siehe, die Indianer sagen: Beachte bei allem, was du tust, die Wirkung auf sieben Generationen. Dies ist eine Realität, die wir allzu sehr verdrängt haben, die zwar nicht berechenbar, deshalb gleichwohl Realität ist." Und nach einer nachdenklichen Pause fügt er hinzu: "Ich glaube, du fühlst das alles tief in seinem Inneren selbst. Du fühlst dich getroffen, bist betroffen. Sonst würdest du gar nicht so hart reagieren und hättest einfach den Vorschlag von Fräulein Klar ausprobiert."

„Und an meinen guten Ruf als Banker denkst du gar nicht?", protestiert Goldfuchs aufgebracht. "Was sollen denn meine Kollegen denken? Nachher heißt es noch in Bankkreisen, ich sei ein ausgeflippter Grüner."

"Aber auch diese Fantasien und Ängste sind doch keine Realität", bemerkt Hans Schmid, "du malst dir in Gedanken aus, was andere denken könnten, und machst dich damit von Dingen abhängig, die gar nicht existieren. Du fesselst dich damit selbst, machst dich unfrei und handlungsunfähig. Vielleicht sitzt genau in diesem Moment irgendwo in dieser Stadt ein Kollege von dir mit dem gleichen Problem und denkt, `wenn ich das tue, was soll denn der Goldfuchs vor mir bloß denken?` So ergeht ihr euch beide in euren Fantasien und Vorurteilen, glaubt, dass sie die wirkliche Welt sind und damit geht ihr genau an der Wirklichkeit vorbei."

"Große Worte gelassen ausgesprochen", wirft Goldfuchs ein. „Wie machst du es denn selbst? Musst du dich nicht auch auf deinen guten Ruf achten? Hast du nicht auch den guten Namen deiner Firma geschaffen, weil du dich danach richtest, was die anderen von dir denken könnten?"

"Nein, gewiss nicht. Ich versuche es, so zu denken und zu handeln, dass ich es verantworten kann. Das ist meine Freiheit und Selbstständigkeit. Schau", fährt Hans Schmid dann fort, "im Prinzip erklären wir uns alle für Freiheit und Selbstbestimmung, in der Praxis verhalten wir uns dann aber oft so, als handele es sich dabei um ein unbequemes, eher zu groß geratenes Kleidungsstück. Wir flüchten dann und neigen zu faulen Kompromissen, was nichts anderes ist als der verniedlichende Name für Selbstaufgabe. Ich sage auch nicht, dass ich die Selbstbestimmung vollständig beherrsche und mich völlig frei von den Gedanken anderer Menschen machen kann. Ich sage nur, dass ich das Ziel habe, selbstständig und frei zu leben, und auf diesem Weg ständig weiter lerne."

Für einen kurzen Moment treten tiefe Nachdenklichkeit ein. Nur das Feuer im Kamin prasselt und knistert und zieht die Augen der beiden Gesprächspartner magisch an. Es scheint, als schauten sie durch ein Fenster in eine andere Welt oder in den anderen Teil der Welt, den sie verloren haben und um dessen Rückgewinnung sie miteinander rangen. Nach einer kurzen Ewigkeit erzählt Hans Schmid mit eher beiläufigen Worten: „Lieber Freund, ich möchte dir von einem kleinen Projekt berichten, das genau in deine Auseinandersetzung mit Fräulein Klar und in unsere Diskussion von vorhin hineinpasst. Und ich möchte dich zu einem Beteiligten in diesem Projekt machen, um die Ebene der Worte zu verlassen und durch Tun Fühlbarkeit und vielleicht auch Erkenntnis herzustellen. Bist du einverstanden?"

Goldfuchs nickt stumm und baut dann schnell vor: "Deine Geschichte höre ich mir gern an. Aber ob ich mich daran beteilige, ob ich mich auf dein Projekt einlasse, entscheide ich, wenn ich die Geschichte kenne."

Hans Schmid quittiert diese Skepsis und Vorsicht des Freundes mit einem Lächeln. Er kann sie akzeptieren und beginnt mit seinem Bericht.

"Du hast doch sicherlich in den Zeitungen die Algenpest in der Nordsee und Ostsee verfolgt. Ich selbst habe während eines verlängerten Wochenendes auf Sylt diese Katastrophe hautnah erlebt. War es nun Zufall oder nicht, jedenfalls kurze Zeit darauf lernte ich einen Heilpraktiker kennen. Sein Name ist Karl Herbst, und er hat einen recht beachtlichen Erfolg mit seinen homöopathischen Heilmethoden. Ich kam mit Herrn Herbst ins Gespräch, und schon bald waren wir bei der Algenpest. Der Heilpraktiker erzählte mir, dass er in seinem Gartenteich ebenfalls ein solches Riesenwachstum von Algen gehabt hätte und wie er mit homöopathischen Methoden diese Seuche erfolgreich bekämpfen konnte. Er hat ganz einfach Algen aus seinem Gartenteich herausgenommen, sie getrocknet, dann verbrannt und die Asche in reinem Wasser aufgelöst. Dieser Sud wurde gefiltert und immer weiter verdünnt. Ich kann diesen Prozess nur laienhaft beschreiben. Homöopathen meinen, man könne Gifte am besten mit Giften selbst bekämpfen. Die ständigen Verdünnungen mit Wasser nennen sie Schüttelungen. Bei jeder Schüttelung wird die Ausgangssubstanz stark verdünnt, und gleichzeitig gelang irgendeine Art von Information in die verdünnte Flüssigkeit. Je mehr Schüttelungen gemacht werden, desto weniger Ausgangssubstanz ist in der Flüssigkeit vorhanden und desto höher ist die Konzentration der Information. Wenn viele Schüttelungen erfolgen, entsteht praktisch eine hochwirksame Medizin. Von der Ausgangssubstanz, dem ursprünglichen `Gift` ist chemisch nichts mehr festzustellen. Die Information ist jedoch extrem stark konzentriert. Chemisch handelt es sich dann um reines Wasser. Die darin enthaltene Information ist aber hochwirksam. Deshalb arbeiten Homöopathen meistens mit niedrigen Schüttelungszahlen, um die Medizin nicht zu stark zu machen.

Ich weiß, das klingt alles absurd, und ich kann es auch nicht ganz nachvollziehen, sondern einfach nur so nehmen, wie es mir von dem Homöopathen berichtet wurde. Auf jeden Fall hat er dies auch mit seinem Algen gemacht und dann eine Tasse von dieser Flüssigkeit, die chemisch praktisch reines Wasser war, in seinem Gartenteich geschüttet. Und nun kommt es: Bereits nach einigen Tagen seien die Algen total verschwunden, und die Fische in den Gartenteich hätten sich erstmalig nach Jahren wieder stark vermehrt.

Nun gebe ich gern zu, dass ich für solche wissenschaftlich unerklärlichen Phänomene durchaus anfällig bin. Aber diese Geschichte des Heilpraktikers war auch für mich ein zu starker Tobak. Mir gefiel, dass Herbst nicht versuchte, mich irgendwie zu überzeugen oder mir sein Verfahren zu beweisen. Er lud mich ganz einfach ein, an einem weiteren Experiment teilzunehmen, das er im Gartenteich seines Nachbarn durchführen wollte. Natürlich willigte ich sofort ein.

Nun stand ich an diesem Gartenteich und konnte mich von dem Ausmaß der Algenpest überzeugen. Der ganze Teich war praktisch bis zum Grund hin von einem Riesenwachstum der Algen ausgefüllt. Herr Herbst wiederholte genau das Experiment, das ich bereits geschildert habe. Wiederum schüttelte er eine knappe Tasse der hergestellten Medizin in den Gartenteich. Mir gab er bereitwillig eine Probe der Medizin mit, die ich im Chemielabor unserer Universität untersuchen ließ. Das Ergebnis der Laboruntersuchung hat mich nicht erstaunt. Es lautete: Reines H_2O. Fast mit der Qualität von destilliertem Wasser.

Erstaunt hat mich jedoch das Ergebnis, als ich drei Wochen später dem behandelten Gartenteich wieder aufsuchte. Die Algen waren fast vollständig verschwunden. Es gab kein Größenwachstum mehr. Die wenigen verbliebenen Algen hatten sich auf ein normales Maß zurückgebildet. Herr Herbst und ebenso sein Nachbar, dem dieser Gartenteich gehört, versicherten mir, dass sie nach der Behandlung mit der homöopathischen Mischung nichts, aber absolut gar nichts an den Gartenteich unternommen hätten. Ich hatte keinen Anlass an ihren Worten zu zweifeln. Ich stand ganz einfach vor einem Rätsel, das ich nicht erklären konnte.

Ich ermunterte Herrn Herbst, sein einfaches, anscheinend aber doch so wirksames Verfahren dem Umweltminister mitzuteilen, damit auf diese Weise vielleicht auch die Nord- und Ostsee behandelt werden könnten. Der Heilpraktiker schrieb an den Umweltminister, erhielt aber nie eine Antwort. Unsere Politiker kennen anscheinend auch nur die eine Seite unserer Welt und glauben, es gäbe sonst nichts Wichtigeres.

Mich beschäftigte allerdings diese Angelegenheit weiter. Und mit Einverständnis des Heilpraktikers wandte ich mich an unsere hiesige Universität. Ich kenne dort einen Professor der Physik recht gut, dem ich ausführlich von dieser wundersamen Algenbekämpfung erzählte. Er hatte zunächst nur schallendes Gelächter für mich übrig. Und ich glaube, wenn wir uns nicht so gut kennen würden, hätte er das Ganze sofort als Unsinn oder Aberglaube abgetan und mich rausgeschmissen. Er gab zwar zu, dass es auch für die heutige moderne Physik ein paar Phänomene gebe, die sie noch nicht erklären könnte, aber für meinen Bericht, den er keineswegs anzweifelte, gebe es mit Sicherheit ganz natürliche Erklärungen. Vielleicht hätte es nach der Behandlung mit der homöopathischen Medizin in den Wochen darauf geregnet, und der Regen hätte den alkalischen Wert des Gartenteiches so verändert, dass die Algen abgestorben seien. Oder vielleicht wären den Algen ganz einfach gerade zum Zeitpunkt der Behandlung die Nährstoffe in dem begrenzten Gartenteich ausgegangen. Also irgendein zufälliges Zusammenwirken von zwei Ereignissen, die nichts miteinander zu tun hätten. Auch mein Hinweis, dass dieser Zufall schon ein zwei Gartenteichen zu verschiedenen Zeitpunkten aufgetreten ist, ließ er nicht gelten und führte langatmig aus, dass es solche wiederholten Zufallserscheinungen auch in der Physik häufig gibt. Dass es vielleicht einen Zusammenhang geben könnte, den die heutige Wissenschaft noch nicht kennen würde, lehnte er ebenso konsequent ab. Ich ließ jedoch nicht locker und machte deutlich, dass es mir gar nicht auf dem Beweis irgendwelcher Zusammenhänge ginge, es mir auch völlig gleichgültig sei, welche Zufälle spielen, sondern für mich nur das positive Ergebnis zählt, dass man daran weiter arbeiten müsse und vielleicht eine Chance, wenn auch nur eine winzig kleine, bestünde, damit die Nord- und Ostsee algenfrei zu bekommen.

Er titulierte mich zwar als spleenigen Unternehmer, der es sich anscheinend leisten könne, solche offensichtlichen Narrheiten weiterzuverfolgen, willigte aber schließlich ein, ein Versuchsprogramm zur weiteren Anwendung der homöopathischen Medizin zu entwickeln.

Etwa drei Monate später habe ich den Vorschlag für das wissenschaftliche Versuchsprogramm erhalten. Das ganze Programm war so kompliziert, dass ich davon die Hälfte kaum verstand. Da sollten absolut zufallsfreie Versuchsbedingungen hergestellt, hundertfache chemische Untersuchungen durchgeführt, Teiche mit zig verschiedenen Bedingungen gefunden oder gar extra angelegt werden und vieles andere mehr. Allein für die genaue weitere Ausarbeitung des wissenschaftlichen Programms wurden 20.000 DM veranschlagt. Die Durchführung der Versuche selbst sollte ein Mehrfaches dieses Betrages kosten und bis zur letzten Auswertung über vier Jahre andauern.

Als ich darüber Herrn Herbst, den Heilpraktiker informierte, lachte er nur und stellte für mich eindrucksvoll und klar fest: `Es geht mir gar nicht um wissenschaftliche Beweise. Ich will ja nur mein Mittel in der Nordsee und Ostsee ausprobieren. Wenn die Algen verschwinden, freuen wir uns alle, unabhängig davon ob es tatsächlich auf meine Medizin zurückzuführen ist. Wenn die Algen bleiben, wird auch niemandem geschadet. Denn da mein Mittel nach wissenschaftlicher Feststellung nur chemisch reines Wasser ist, kann es auch kein Schaden anrichten. Auf keinen Fall aber werde ich vier Jahre warten und die Zeit mit Nichtstun verbringen. Wir haben die Algenprobleme heute und müssen jetzt etwas tun. `

Dieser so einfachen und damit den Kern treffende Argumentation konnte und wollte ich mich nicht entziehen. Wir beschlossen deshalb, uns einen Hubschrauber zu mieten, um damit über die Nordsee zu fliegen und das Mittel tropfenweise hinein zu geben. Die Kosten dafür sind erschwinglich und machen weniger als ein Viertel der Kosten aus, die allein für die Aufstellung des wissenschaftlichen Versuchsprogramms erforderlich gewesen wären.

So wollen wir ganz einfach direkt den Praxistest machen. Herr Herbst hat zwischenzeitlich aus der Nordsee Algen geholt und daraus 80 Liter von seiner Medizin hergestellt. Und am kommenden Dienstag geht es mit dem Hubschrauber los. Und du sollst auch dabei sein. Wir haben in dem Hubschrauber noch einen Platz frei. Und sicherlich kann es nicht schaden, wenn so ein nüchterner Banker und rationaler Zahlenmensch wie du als Zeuge an unserem Experiment teilnimmt."

Mit keinem Wort hatte Rudolf Goldfuchs dem Bericht seines Freundes unterbrochen. Mit einem ungläubigen Kopfschütteln stellt er fest: "Eine höchst wundersame Geschichte. Wenn nicht du sie mir erzählt hättest, wäre ich sicher, man wollte mir einen gehörigen Bären aufbürden. Ich bin gespannt, wie euer Versuch mit der Nordsee ausgeht. Aber dabei sein und mitfliegen kann ich auf keinen Fall. Stell dir vor, davon erfährt die Presse nur ein Wort. Ich sehe schon die Schlagzeilen: Banker bekämpft Algen mit Wundermittel. Und die ganze Welt lacht sich tot über meine Einfalt."

„Es wird keine Presse dabei sein", beruhigt Hans Schmid. „Einmal habe ich selbst an einer solchen Publizität kein Interesse. Und zum anderen würde die Presse mit ihren skandalösen Schlagzeilen das ganze Vorhaben nur kaputtmachen und in den Dreck ziehen. Nein, davon wissen nur wir drei, Du, der Heilpraktiker Herbst und ich. Reizt es dich denn gar nicht, ein klein wenig zu wagen, mit dabei zu sein, etwas Neues zu versuchen? Oder willst du wieder einfach so wegtauchen, wie du heute Nachmittag Fräulein Klars Vorschlag nicht an dich herankommen ließest und praktisch vor der Verantwortung weggelaufen bist?"

Mit dem letzten Satz traf Hans Schmid einen empfindlichen Punkt bei seinem Freund, der schließlich erregt aufspringt, ein paar Schritte vor dem Kamin hin und herläuft und dann mit dem Glühen eines neugierigen, abenteuerlustigen Jungen in den Augen ausruft: "O.k., ich bin dabei. Aber bitte keine Presse!"

Das Experiment

Sie treffen sich direkt nach dem Mittagessen auf dem Flughafen. Der Heilpraktiker Karl Herbst ist ein ruhiger und eher bescheidener Mann. Er ist Direktor Goldfuchs auf Anhieb sympathisch. Vier große Kanister mit der Algenmedizin stehen vor dem Hubschrauber. Mit ruhigen Worten erklärt der Heilpraktiker dem jungen Piloten und einem noch jüngeren Helfer vom Bodenpersonal sein Vorhaben. Sie begreifen es sofort und scheinen sich überhaupt nicht zu wundern, dass erwachsene Männer wirklich mit 80 Liter irgendeines Wassers die ganze Nordsee algenfrei machen wollen. Eher im Gegenteil, sie finden diese Unternehmen spannend und machen sich mit großem Eifer daran, die Kanister in der Kanzel zu verstauen und dünne Schläuche zu verlegen, die von den Kufen des Hubschraubers bis zu den Kanistern reichen. Mit kleinen Hähnen kann der Durchfluss reguliert werden, sodass später die Algenmedizin bei dem Flug über der Nordsee vom Hubschrauber aus tröpfchenweise in das Meer fallen kann. Die Probe klappt sofort. Die drei Passagiere und der Pilot werden mit Kopfhörern und Sprechfunkgeräten ausgerüstet, sodass sie während des Fluges sich unterhalten können. Wenige Minuten später geht es schon los.

Sehr sanft und langsam, so als wolle die betonierte Erde die Maschine nicht freigeben, hebt der Hubschrauber ab. Rudolf Goldfuchs verfolgt den Start zunächst mit ein wenig Angst. Doch diese Beklommenheit weicht sehr schnell und macht einer tiefen Freude, dem Gefühl der Freiheit und irgendwie einer Unbeschwertheit Platz. Goldfuchs fühlt sich selbst von den mächtigen Rotorblättern hochgezogen, so als würde er aus der engen Sicherheit der unter ihm versinkenden Erde in eine andere, freie, leichte und lichte Welt hinübergleiten. Der Hubschrauber schaukelt leicht im Auftrieb und Goldfuchs hat das Gefühl, als würde er wie ein Adler durch die Luft schweben. Je mehr die Erde sich unter ihnen entfernt, desto tiefer wird das Glücksgefühl, das in Rudolf Goldfuchs hochsteigt, ganz von ihm Besitz ergreift und ihn euphorisch in diese andere Welt gleiten lässt. Anscheinend geht es auch den beiden anderen Passagieren so. Jedenfalls spricht keiner ein Wort. Alle geben sich ganz dem Genuss des Fluges hin.

Der Hubschrauber nimmt Kurs auf die Elbe, überfliegt Pinneberg und erreicht dann nordwestlich von Uetersen den Fluss. Nun geht es den Strom entlang Richtung Nordsee.

Am vergangenen Wochenende fand die Sail `89 in Hamburg statt. Die Segler sind nun ebenfalls auf dem Weg zum Meer. Es ist ein grandioses Bild, diese herrlichen großen Segelschiffe aus der Luft zu beobachten. Der Pilot senkt den Hubschrauber tief herab, bleibt etwa in Segelhöhe neben einem großen Schulschiff und umkreist es dann mehrere Male wie eine Möwe.

`Ich bin diese Möwe. Ich segle so schwerelos in der Luft`, stößt es durch den Kopf von Herrn Goldfuchs. Und fast hätte er spontan die Arme ausgestreckt, um sich mit ausgebreiteten Flügeln im Wind zu wiegen. Ruckartig presst er die Arme an seinem Körper. Und dieser Ruck holt ihn für einen Moment zurück aus dieser anderen Welt. `Ist das zu fassen? `, spricht er zu sich selbst. `Bin ich das wirklich? Vor knapp einer Stunde saß ich noch an meinem Schreibtisch und habe über millionenschwere Investitionen entschieden. Und nun benehme ich mich wie ein Kind. ` Bei diesen Gedanken schüttelt er so heftig den Kopf, dass der Pilot besorgt fragt: "Ist etwas nicht in Ordnung?" Direktor Goldfuchs verneint lächelnd und gibt sich wieder der Freiheit und Schwerelosigkeit hin und taucht bereitwillig erneut in die andere Welt ein.

Sie erreichen Cuxhaven und nehme von hier aus Kurs auf Sylt. Karl Herbst öffnet die Hähne an den beiden ersten Kanistern und lässt seine Algenmedizin ins Meer tropfen.

Direktor Goldfuchs lässt die riesige Weite des Meeres auf sich wirken und fragt dann den Heilpraktiker: "Was sollen denn diese wenigen Tropfen ihres Mittels bei dieser unendlichen Menge von Wasser überhaupt bewirken können? Es wird doch so extrem stark verdünnt, dass bestimmt keine Algen davon etwas spüren wird."

Herbst erwidert freundlich: "Es kommt nicht auf die Menge an, sondern auf die Information, die in den einzelnen Tropfen enthalten ist. Und Informationen verbreiten sich unwahrscheinlich schnell. Wir legen jetzt hier eine Spur von Informationen von Cuxhaven bis Sylt. Diese Spur wird vielleicht ins Meer hinausgespült und dort die Informationen verbreiten. Auf dem Rückflug werden wir dann eine zweite Spur zwischen der Küste und den nordfriesischen Inseln legen, die die Informationen ins Wattenmeer verteilt."

"80 Liter Flüssigkeit für diese unendliche Menge Wasser?", fragt Goldfuchs zweifelnd. Aber seine Neugier ist geweckt. Und da sich sein Freund Hans Schmid zurücklehnt und schweigend den Flug genießt, hat Direktor Goldfuchs ausgiebig Gelegenheit, den Heilpraktiker nach seinen Methoden, Vorgehensweisen und Erfolgen auszufragen. Er ist angenehm berührt von der ruhigen, sachlichen Art des Mannes. Karl Herbst gibt auf jede Frage eine Auskunft. Er hat nichts zu verkaufen, will niemand überzeugen, nichts beweisen. Er berichtet nur von seinen ureigenen Erfahrungen. Und je näher sie Sylt kommen, desto mehr meint Goldfuchs, dass an dieser Sache vielleicht doch ein ganz klein wenig dran sein könnte. Man weiß ja nie. Wie hatte doch Fräulein Klar in ihrer seltsamen Beweisführung argumentiert: Die Kelten konnten auch die Erdenergie nicht beweisen. Aber gleichwohl war sie da. Die Kelten konnten sie erfühlen. Wer weiß, vielleicht ist auch an diesem Algenmittel etwas dran. Und erst in 50,100 oder noch mehr Jahren weiß man, warum es wirkt.

Auf Sylt wird zwischengelandet, der Hubschrauber muss aufgetankt werden. Eine willkommene Gelegenheit, um auf der Terrasse des kleinen Flughafenrestaurants eine Tasse Kaffee zu trinken. Bald sind sie in ein Gespräch vertieft, das sich um die Erkenntnisse der Wissenschaft und unerklärliche Phänomene dreht. Direktor Goldfuchs ist erstaunt, dass der Heilpraktiker Herbst so viel von Physik versteht. Und sein Erstaunen wächst, als Karl Herbst nebenbei von seinem eigenen Physikstudium erzählt. `Ein studierter Physiker also. Und er gibt sich nun mit solchem Spuk-Kram ab? `, denkt Rudolf Goldfuchs und wundert sich selbst, dass er noch vor wenigen Augenblicken auf dem Flug geneigt war, diesem seltsamen Vorhaben doch eine gewisse Bedeutung beizumessen. Nun hat die Erde ihn zurück. Er befindet sich wieder in seiner alten Welt. Und dort haben auch seine Zweifel und Vorteile wieder von ihm Besitz ergriffen. So löchert er den Heilpraktiker mit immer neuen Fragen, konstruiert gewaltige Kausalketten und lässt nur das gelten, was wissenschaftlich erklärbar, was beweisbar ist.

Der junge Pilot und ebenso Hans Schmid verfolgen die Diskussion schweigend aufmerksam. Rudolf Goldfuchs Argumente werden immer hartnäckiger, seine Stimme immer drängender, seine Vorurteile immer stärker. Aber der Heilpraktiker lässt sich von all` dem nicht beeindrucken und antwortet ruhig und sachlich: "Ich verteufele keineswegs die Wissenschaften. Wir brauchen sie unbedingt. Ich meine nur, dass die moderne Wissenschaft sich uralten Erkenntnissen verschließt, streng rational vorgeht und damit die Realität nicht vollständig wahrnimmt. Ich lebe nur aus meinen eigenen Erfahrungen heraus. Alles, was ich ihnen berichte, habe ich selbst an und in mir erfahren. Es hat deshalb Gültigkeit für mich. Es braucht für sie nichts zu bedeuten, sie entscheiden selbst darüber, was sie damit anfangen."

"Aber wir brauchen doch eine allgemein gültige Theorie, was richtig und was falsch ist", begehrt Rudolf Goldfuchs auf. "Wo kommen wir denn hin, wenn jeder für sich selbst entscheiden, was Wahrheit ist?"

"Vielleicht kommen wir dann weiter", meint Karl Herbst gelassen. „Schauen Sie, was ist denn richtig und was ist falsch? Die Wissenschaft sagt, dass beispielsweise Magnete einen Pluspol und einen Minuspol haben. Ich stimme dem uneingeschränkt zu. Nun sage ich aber auch, dass alle anderen Dinge, beispielsweise die Pfeife unseres Piloten dort auf dem Tisch, auch einen Pluspol und einem Minuspol hat. Und da sagt die Wissenschaft, das sei falsch.“

„Selbstverständlich ist das falsch", brummt Goldfuchs. "Die Pfeife ist kein Magnet. Sie hat keine zwei Pole. Beweisen Sie mir doch einmal, dass ihre Erkenntnis richtig ist."

Lächelnd holt der Heilpraktiker ein goldenes Pendel aus der Tasche und erklärt: "Ich halte dieses Pendel nun über die beiden Enden der Pfeife. Bei dem Pluspol dreht sich der Pendel nach rechts, bei dem Minuspol nach links."

Das Experiment beginnt und verläuft genauso, wie der Heilpraktiker es vorausgesagt hatte. Über den Pfeifenkopf gehalten, dreht sich der Pendel nach links, also ein Minuspol. Über das Mundstück nach rechts und zeigt damit den Pluspol an. In der Folge werden alle nur in der Nähe greifbaren Dinge diesem Experiment unterzogen: Kaffeelöffel und Kuchengabel auf dem Tisch, der Füllfederhalter von Hans Schmid, die Sonnenbrille des Piloten. All` dies sind für Rudolf Goldfuchs noch keine Beweise. Doch er scheint beeindruckt zu sein. Die Fülle der Wiederholungen mit stets eindeutigem Resultat hat in zumindest nachdenklich gemacht.

Sie machen sich wieder auf den Rückflug und lassen die zweite Hälfte des Algenmittels ins Meer tropfen. Der Hubschrauber fliegt sehr tief, und deutlich sehen Sie in dem seichten Wattenmeer riesige, dichte, dunkelbraune Algenfelder.

Rudolf Goldfonds ist wieder so tief in die andere freie Welt hinübergeschlüpft, dass er allen Ernstes den Heilpraktiker fragt: "Sollen wir nicht die Algenmedizin ganz abstellen? Nicht, dass wir nachher noch zu viel von diesem Mittel in die Nordsee tun." Er ist so in diese andere Welt eingetaucht, dass diese Frage ihm ganz natürlich erscheint. Eine knappe Stunde später, als sie wieder auf dem Flughafen in Hamburg gelandet sind, kann er selbst nicht verstehen, dass er an das Wirken des

Mittels glaubte und eine so blödsinnige Frage stellen konnte.

Rudolf Goldfuchs ist wieder daheim in seiner alten Welt. Und seine Gedanken gelten nur noch dem Termin, den er an diesem Abend wahrnehmen will.

Die Wirkung

in der Hektik des Alltags der nächsten Tage bleibt wenig Zeit, über das kleine Abenteuer der Algenbekämpfung nachzudenken. Wenige Tage später tritt Rudolf Goldfuchs seinen Jahresurlaub an. Und schon bei seinem ersten Urlaubsziel in Bayreuth holen ihn die Erinnerungen ein.

Einem Geschäftsfreund verdankt er einer Einladung zu den Festspielen nach Bayreuth und den Erhalt der heiß begehrten Eintrittskarten, auf den Normalsterbliche oft jahrelang warten müssen. Nun drückt Direktor Goldfuchs mit seiner verehrten Gattin die harten schmalen Stühle und denkt mit schaudern daran, dass er in dieser Enge vier Stunden ausharren muss, Wagners Opernklängen der Walküre zu lauschen. Doch schon nach wenigen Tönen fühlt sich Goldfuchs von der Musik empor gehoben, durch den Festsaal schweben. Fühlt sich schwerelos und befreit. Sofort kommt ihm das Erlebnis des Hubschrauberfluges in den Sinn. Auch diesmal muss er die Arme fest an seinen Körper pressen. Zu stark ist das Verlangen, die Arme auszustrecken und mit sicheren Flügeln von den Tönen der Wagner Musik davongetragen zu werden.

Er taucht wieder ein in diese andere unwirkliche wirkliche Welt und erlebt oben von seinem Flug unter der Kuppel unten auf der Bühne die Welt der Sterblichen. Es sieht mit seinem Herzen das menschliche Fühlen und die menschliche Leidenschaft, die die Handlung dieser Oper bestimmen. Er durchlebt, wie Wotan durch Erda durch die Zauberkraft der Liebe von ihr Kenntnis und Wissen gewinnt. Er schwebt auf Sieglindes klingenden Liebesmotivs dahin. Er wird in seinem Flug auf den Tönen der Musik durchgerüttelt von dem brutal hämmernden Hunding–Motiv und erkennt darin dessen rachsüchtiges Wesen. Ganz sachte und leise gleitet er durch die traurigen Weisen des Welsungen-Motivs und schwelgt schließlich in der Verzauberung Siegmunds berühmten Liedes von Liebe und Lenz. In Wotans Abschied von der geliebten Tochter Brunhilde erkennt er hellsichtig sein ganzes Leben, in Sekundenschnelle seine eigene Auseinandersetzung mit den verlorenen Zielen und vergessenen Wegen überblickend. Von dieser Erkenntnis überwältigt und tief ergriffen, trägt ihn die Musik mit einer traurigen Melodie von erschütternder Schönheit immer höher und immer weiter fort.

Urplötzlich fühlt er sich heruntergerissen, stützt sich krampfhaft mit beiden Händen auf der Sessellehne ab, um den Fall aus dem freien Flug zu stoppen. Doch unaufhaltsam wird er von dem phrenetischen Beifall des Publikums in seine alte Welt zurückgeschleudert. Direktor Goldfuchs ist einfach nicht fähig, mit zu klatschen, mit zu jubeln, mit Lärm zu verbreiten. Er verneigt sich nur tief vor dem Orchester und vor den Sängern, die ihm vier Stunden des Erkennens in einer anderen Welt schenkten, und verlässt dann stumm die Festspielehalle.

In den folgenden Tagen und Wochen seines Urlaubs lassen ihn die Gedanken an den Hubschrauberflug bei der unwirklichen Algenbekämpfung und die Wiederholung des Erlebten bei der Wagner–Oper nicht mehr los. Ganz im Gegensatz zu seinen sonstigen Gewohnheiten beteiligt er sich nicht an dem lauten Getratsche und dem leeren Small Talk mit anderen Urlaubsgästen. Er sucht die Einsamkeit und Ruhe, genießt die Zeit des in sich selbst versinken und entdecken.

Fasziniert erlebt er auf dem Place de la Liberté des südfranzösischen Badeortes Bandol, wie ein junger Student spontan auf seiner Pan Flöte einen wundervollen Jazz spielt. Wieder wird Rudolf Goldfuchs fort getragen, diesmal in seine eigene Jugendzeit. Wieder wird er schlagartig aus dieser Reise zurück gerissen durch den plötzlich einsetzenden Lärm einer Discogruppe, die mit hartem Rhythmus und lärmenden Verstärkern alles übertönt und keinem Platz für die leise innere Stimme lässt, die der Flötenspieler nur mit dem Können auf seinem Instrument hervorgezaubert hatte.

Rudolf Goldfuchs flieht vor diesem Lärm der dröhnenden Lautsprecher der Discogruppe in eine nahe Kirche. Hier ist gerade Gottesdienst, er setzt sich still in die hintere Bank des Seitenschiffes. Von der französischen Predigt versteht er kaum die Hälfte. Er bekommt nur bruchstückhaft mit, dass der Mensch schwach und mit Erbsünde behaftet ist. Mit donnernder Stimme verkündet der Pfarrer, dass keiner die Möglichkeit hat, durch das eigene Bemühen die göttliche Wahrheit selbst zu finden. Nur der Schöpfer kann Einzelne auswählen, erretten und erlösen. Und die einzige Verbindung zwischen dem Menschen und dem Schöpfer stellt die allmächtige Kirche dar. Plötzlich fallen Direktor Goldfuchs wieder Renate Klars Beweise ein. Sollte sie am Ende doch Recht haben?

Seine Gedanken schweifen ab, fallen zurück in seine eigene Kindheit. Lebhaft erinnert er sich, wie er als Junge der Welt offen und neugierig gegenüberstand. Schmerzhaft spürt er, wie ihn Kirche und Schule zu angepassten Verhaltensweisen erzogen, ihn mit Vorurteilen vollstopften, ihm sämtliche Kanten und Ecken abschliffen. Glatt poliert wie ein runder Kieselstein, verlor er die eigene Identität und gewann den angesehenen Posten des Bankdirektors. Ein runder Kieselstein, der zu Bedeutungslosigkeit verdammt, auf dem Grunde des Bachbettes versinkt, keine Angriffsflächen mehr bietet und den Wasserlauf seines Lebens nur an sich vorbeirauschen hört.

In der gegenüberliegenden Kirchenbank sieht er ein kleines blond gelocktes Mädchen spielen. Unbefangen schaut es Rudolf Goldfuchs an, spielt mit dem Gebetbuch der Eltern, turnt auf der Bank herum. Es darf noch unschuldig, offen und ehrlich sein und ist damit vielleicht ihrem Gott viel näher als die wenige Jahre ältere Schwester, die zur Andacht erstarrt in der Bank sitzt und bei der kleinsten freien Bewegung sofort von den Eltern zur Ordnung gerufen wird.

Rudolf Goldfuchs hadert mit seinem Gott. Über Jahrzehnte hat er jeden Sonntag treu und brav die Kirche besucht, ohne Murren nicht nur seine Kirchensteuer bezahlt, sondern auch einen erheblichen Geldbetrag auf dem Kollekten Teller gelegt. Hat sich heimlich gefreut über die anerkennenden und ebenso über die neidischen Blicke seiner Platznachbarn, wenn er auffällig unauffällig ein oder sogar zwei Hunderter in den Opferkorb legte. Daraufhin hat er Gott stets gedankt, dass er sich diese Großzügigkeit leisten konnte, dass er Bankdirektor und ein so wichtiger Mann in dieser Stadt sein durfte.

Allein mit seinen quälenden Gedanken bleibt Rudolf Goldfuchs in der Kirche zurück. Er hat kaum bemerkt als die Gläubigen die Kirche verließen, eilig nach draußen drängten, so als hätten sie endlich eine lästige Pflicht getan. Plötzlich dringt von hinten das zauberhafte Spiel einer Pan Flöte an sein Ohr. Er schließt die Augen und lässt sich von den reinen hellen Tönen fortragen. Er fühlt sich hoch gehoben, wieder federleicht und frei durch die Kirche schweben. Er schaut direkt in das junge, gütig aussehen Antlitz eines Heiligen in dem bleiverglasten Kirchenfenster. Und er hört dem Heiligen zu.

„Woher nimmst du dir das Recht, an dem allein selig machende Anspruch der Kirche zu zweifeln? Millionen Menschen vor dir und heute mit dir haben stets gut mit der Kirche gelebt. Wer aber mit der Kirche streitet, begibt sich in Gefahr. Falls er sich nämlich irrt, dann wartet das ewige Fegefeuer auf ihn."

"Ich suche gewiss keinen Streit", versichert Direktor Goldfuchs mit leiser, aber fester Stimme. "Ich will doch nur Harmonie. Harmonie zwischen Lebewesen und den Dingen, zwischen dem Menschlichen und dem Göttlichen, zwischen Vergangenheit und Zukunft."

"Wie kannst du aber Harmonie finden, wenn du dich aus dem Kollektiv der Kirche löst und einen eigenen individuellen Weg gehst?", entgegnet ihm die Stimme des Heiligen. "Durch den Sündenfall trägst du die Erbsünde in dir und hast persönlich Schuld auf dich geladen. Deshalb bist du aus dem Paradies vertrieben worden. Nur mit Hilfe der Kirche kannst du nach deinem Tod die Harmonie des Paradieses wiederfinden."

Energisch setzt sich Goldfuchs zur Wehr: "Nein, es ist nicht so sehr die persönliche Schuld, die mich niederdrückt. Ich bin nicht erwacht und gehe blind durchs Leben. Ich habe Bewusstsein verloren. Ich habe vergessen. Ich bin blinder, verschlossener und unwissender als ein kleines Kind. Das kleine Kind vorhin dort unten in der Bank vereinigte spielerisch das Sakrale und das Profane in sich. Damit ist es ihrem Schöpfer am nächsten, denn das Profane ist zugleich das Sakrale und umgekehrt. Doch ich habe die Welt aufgespalten in zwei Teile und finde mich in dieser aufgeteilten fremden Welt nicht mehr zurecht."

Die letzten Worte stieß Rudolf Goldfuchs in seiner tiefen Verzweiflung so laut hervor, dass sie das wundersame Spiel der Panflöte zum Erliegen brachten. Der Flötenspieler trat näher, und wie aus einem tiefen Traum erwachend, erkennt Direktor Goldfuchs den jungen Studenten, der draußen auf dem Platz der Freiheit ihn mit seiner Musik verzaubert hatte.

„Sind sie mir gefolgt?", will Goldfuchs wissen.

"Nicht unbedingt", antwortet der Flötenspieler. "Ich sah sie vor der Discomusik in die Kirche flüchten. Und da ich diesen Lärm ebenfalls nicht ertragen kann, habe ich mich auch hier hin verzogen. Später nach der Andacht sah ich sie meditierend in der Bank sitzen und dachte mir, ich unterstütze ihre innere Reise ein wenig mit meiner Pan Flöte."

Als Rudolf Goldfuchs nichts einzuwenden hat, plaudert der junge Mann weiter. "Sie haben sich wohl mit dem Heiligen dort oben Kirchenfenster gestritten, was? Ja, ich kenne diesen Heiligen gut. Er hat es faustdick hinter seinen Ohren. Lassen Sie sich von seinem Palmenwedel in der Hand und dem Heiligenschein nicht täuschen."

"Ich streite nicht mit toten Figuren, erst recht nicht mit einem Heiligen in einem Kirchenfenster", wirft Goldfuchs unwillig ein. "Ich habe nur ein wenig geträumt. Das hat nichts, aber auch gar nichts mit der Realität zu tun. Solche Tagträume sind keine Wirklichkeit."

„Wer weiß", schmunzelt der junge Student, „vielleicht sind unsere Träume viel realer als die Scheinwelt, die wir uns als Wirklichkeit aufgebaut haben. Kommen sie, ich zeige ihn ein Stück von dieser Wirklichkeit."

Bereitwillig folgt Goldfuchs dem Flötenspieler nach draußen in eine schmale Gasse direkt neben der Kirche. Auf einer kleinen Mauer sitzt dort schwankend ein stark angetrunkener Mann, der zornig ein kleines Mädchen anschreit, das verschüchtert vor ihm steht. Klatschend landet die schmutzige Hand des Betrunkenen in dem zarten Kindergesicht, aus dessen großen Kinderaugen Tränen hervor quellen, über die staubigen Wangen herunterrennen und Spuren von Leid und Trauer hinterlassen.

Rudolf Goldfuchs will dazwischen gehen und das kleine Mädchen aus dem Zugriff des Betrunkenen befreien. Doch mit energischen Griff hält der Flötenspieler ihn zurück und flüstert: "Warten Sie ab, was weiter passiert."

Der Betrunkene drückt nun dem kleinen Mädchen ein Korb mit Blumen in die Hand und treibt es mit unwilliger Geste auf den Marktplatz. Goldfuchs und der Flötenspieler folgen in sicherem Abstand und schauen zu, wie das Mädchen auf dem Platz der Freiheit den Gästen in den Straßencafés ihre Blumen verkauft.

„Sehen Sie, das ist ihre Wirklichkeit, ihrer Freiheit", flüstert der Flötenspieler mit leiser, aber eindringlicher Stimme Goldfuchs zu. „Der betrunkene Vater schlägt seine Tochter, damit diese weint. Alles nur ein Verkaufstrick, denn das Weinen des traurigen Mädchens erregt das Mitleid, und die Blumen verkaufen sich viel besser und viel teurer. Und zugleich springt so manches Trinkgeld dabei heraus. Vielleicht fällt es dem Vater gar nicht mal so ganz leicht, seine Tochter zu schlagen. Aber das ist der sicherste Weg, die höchste Rendite aus dem Blumenverkauf zu erzielen und genügend Geld für den Schnaps zu haben. Nun verkauft das Mädchen auf dem Platz der Freiheit Blumen. Das ist doch die Freiheit, die sie lieben, Herr Goldfuchs. Das ist doch Business. Das ist doch ihre reale Welt."

Goldfuchs hält es nicht mehr aus. Erregt reißt er sich von dem Flötenspieler los, stürzt zu dem kleinen, blumenverkaufenden Mädchen hin und drückt ihr ein Bündel von 100 Franc-Scheinen in die Hand. Er nimmt nichts um sich herum war, sieht nicht den artigen Knicks des überglücklichen Mädchens, merkt nicht, dass der Flötenspieler ihm gefolgt. Er sieht nur in diese übergroßen traurigen Kinderaugen. Sind das nicht Renate Klars Augen, die ihn traurig ansahen, als er ihr erklärte, dass nur Zinsmargen und Sicherheiten für ihn zählen? Und nun ist es wieder nur Geld, ein Bündel von 100 Franc-Scheinen. Nicht anders als die 100 DM–Scheine, die er so gern auf dem Kollekten Teller in der Kirche legt, weil er die anerkennenden und ebenso die neidischen Blicke so sehr genießt. Die großen Augen des kleinen Mädchens schauen tief in ihn hinein. Sie brennen in ihm. Oder sind es die Augen von Renate Klar?

Rudolf Gold Fuchs reißt sich los, stürzt davon, hastet durch die Gassen. Er flüchtet vor sich selbst. Verfolgt von dem Spiel der Panflöte, verfolgt von den großen Kinderaugen, verfolgt von Renate Klar.

Die Erkenntnis

Renate Klar holt Direktor Goldfuchs schnell ein. Aus dem Urlaub in die Bank zurückgekehrt, findet er auf seinem Schreibtisch einen kurzen Abschiedsgruß von ihr vor. Sie hat während seiner Abwesenheit die Bank verlassen. Dem Abschiedsgruß ist ein ganzes Bündel von Zeitungsausschnitten beigefügt, die Rudolf Goldfuchs mit wachsendem Interesse liest. Er überfliegt zunächst Zeitungsberichte, die mehrere Wochen zurückliegen und schreiende Überschriften tragen wie

Großer Algenfelder treiben auf der Nordsee

Flensburger Börde mit Algen verseucht

Wird Sylt in der Algenpest untergehen?

Algenpest vertreibt Urlauber an der Adria

Ihm wird bewusst, dass diese Meldungen alle aus einem Zeitraum vor dem abenteuerlichen Hubschrauberflug datieren. Mit größter Erregung liest er nun Berichte, die aus den Wochen nach der unwirklichen Aktion zur Bekämpfung der Algen in der Nordsee stammen. Wieder starren ihn schreiende Überschriften an

Die Adria versunken in Algen

Algenpest ruiniert Ostsee-Bäder

Kein Wort mehr von einer Algenpest in der Nordsee!

Nur am Schluss des Stapels mit Zeitungsausschnitten findet er drei kurze Meldungen, die davon berichten, dass die Nordsee in diesem Jahr auf unerklärliche Weise algenfrei sei. Die noch vor Wochen gesichteten riesigen Algenfelder hätten sich stark zurückgebildet. Eine wissenschaftliche Erklärung für dieses Phänomen läge noch nicht vor. Einzelne Experte meinten, die besondere Windrichtung in diesem Jahr hätte die Algen in den Atlantischen Ozean fortgetrieben. Andere Experten suchen die Erklärung in dem unnatürlich warmen Sommer, der zu einer starken Verdunstung und höheren Konzentration des Salzgehaltes in der Nordsee geführt hätte.

Die Nordsee ist in diesem Jahr algenfrei! Direktor Goldfuchs kann es immer noch nicht so recht glauben. Sollte doch etwas an diesem Wundermittel des Heilpraktikers dran sein? Diese Gedanken lassen ihn nicht mehr los und verfolgen ihn bis in sämtliche geschäftliche Verhandlungen hinein. Seine erstaunten Mitarbeiter können es kaum fassen, als ihr Direktor einem alten Kunden trotz fehlender Sicherheiten einen weiteren Kredit gewährt. "Nun, wir kennen den Kunden gut. Er wird das Geld schon zurückzahlen", entgegnet Rudolf Goldfuchs verlegen seinen Mitarbeitern.

Doch allein in seinem Büro gesteht er sich ein, dass es so nicht weitergeht. Er muss diesem bohrenden Zweifel in sich schnell ein Ende machen. Er muss endlich darüber Klarheit erlangen, ob an diesem Algenmittel etwas dran ist, ob so etwas in seine Welt der Macht und des Geldes hineinpasst.

Karl Herbst, der Heilpraktiker, empfängt ihn gern zu einem Gespräch. Als Direktor Goldfuchs weiter nach Beweisen und kausalen Zusammenhängen hängen forscht, kann Herbst nur erwidern: "Ich kann nichts beweisen. Ich muss mir auch nichts beweisen. Die Nordsee ist algenfrei. Genügt ihnen das nicht? Wir haben doch unser Ziel erreicht. Das ist gut so. Alle Welt freut sich darüber. Also freuen wir uns doch mit."

„Nein, Herr Herbst, so geht es nicht", erwidert Goldfuchs. „Ich muss wissen, ob der sichtbare Erfolg entweder auf ihr Algenmittel oder auf sonst einen erklärbaren Einfluss zurückzuführen ist. Ich kann die Dinge nicht so einfach ungeklärt in der Schwebe lassen. Wenn ich so meine Bank führen würde, wären wir schon längst bankrott. Ich brauche Gewissheit und Sicherheit. Die muss mir doch irgendjemand geben können. Wofür haben wir denn all` die großen Professoren in unseren Universitäten und den riesigen teuren Beamtenapparat?"

"Sie suchen Gewissheit und Sicherheit. Sie wollen Ruhe. Ich meine, es ist eine trügerische Ruhe, die aus Erstarrung und Unbeweglichkeit resultiert. Das ist aber nicht das Leben. Die Natur kennt nicht das Entweder – Oder. Das natürliche Leben ist Bewegung. Erstarrung bedeutet Tod." Und nach einer längeren Pause fährt der Heilpraktiker ruhig fort:

„Und sie glauben, nun nicht weiterzukommen, sie suchen Sie die Lösung bei anderen. In erster Linie nehmen Sie Zuflucht zu Institutionen, zu den Hochschulen, zur Verwaltung. Wenn das alles nichts hilft, zur Kirche. Aber die Institutionen fördern nur die Erstarrung. Schauen Sie, dass Bambusrohr wiegt sich im Sturmwind und zerbricht nicht. Das ist natürliche Lebendigkeit. Ein ebenso hohes starres Holzgerüst, das zunächst viel fester und sicherer als dass Bambusrohr erscheint, wird vom Sturmwind schnell zerbrochen. Der einzelne Mensch ist wie das Bambusrohr, die Institutionen wie das Gerüst. Alle erstarrten Imperien sind so zerbrochen, früher die Reiche der Griechen und Römer und heute die gigantischen Industrieunternehmen, die selbst zu erstarrten Institutionen geworden sind. Gegen eine solche tödliche Erstarrung hilft nur der belebende Funke. Er bringt Bewegung für Kultur und Struktur zugleich. Doch diesen belebenden schöpferischen Funken können sie nicht von den Institutionen erwarten, den kann nur jeder für sich selbst in sich selbst finden und zu einem kräftigen lebendigen Feuer entfachen."

"Das sind alles schöne und kluge Worte", meint Rudolf Goldfuchs resignierend. „Aber diese unklaren Bilder und Visionen helfen mir nicht weiter. Das ist alles zu viel Mythos und zu wenig Vernunft. Mehr helfen nicht subjektive Gefühle weiter. Ich brauche klare Objektivität."

"Ich verstehe ihre Worte und kann ihre Denkungsweise nachvollziehen", erwidert Karl Herbst. „Sie haben ihre Welt in Gegensätze aufgeteilt. Das ist die Hauptströmung westlichen Denkens. Gegründet auf der platonisch-aristotelischen Logik der Widerspruchsfreiheit. Dieses Ordnungsprinzip der dualistischen Trennung der Gegensätze haben wir über Jahrhunderte gepflegt und kultiviert und meinen deshalb, es wäre das einzig Reale und Wahre. Aber das stimmt nicht. Millionen Menschen denken und leben anders, beispielsweise die Buddhisten, denn Buddha ging den mittleren Weg. Mit unserem Dualismus haben wir auch das uralte Wissen aus unserer Welt verbannt. Ich entdecke und erfahre es für mich ein ganz kleines Stück wieder neu. Für mich ist es neu. Dabei ist dieses Wissen uralt. Die Kelten und die Germanen, die den Dualismus nicht kannten, verfügten bereits über dieses Wissen. Ich kann es für mich zurückgewinnen, wenn ich den Dualismus überwinde."

Erbost fährt im Rudolf Goldfuchs in die Parade: „Und jetzt kommen sie mir auch noch mit den alten Kelten und Germanen. Das sind längst vergangene Zeiten. Damit können Sie doch unsere heutige Welt nicht erklären. Ich suche keine Theorie und Philosophie. Ich suche die Wahrheit. Und darauf gibt es nur als Antwort ein Entweder – Oder."

"Mir geht es nicht um Denkmodelle oder Ideologien", fährt der Heilpraktiker unbeirrt fort. „Mir geht es um den neuen Menschen, den freien Menschen. Er ist frei, wenn er vorurteilsfrei denken kann und aufrichtig ist. Dieses können heute nur noch Kinder und Mystiker!"

Bei diesen Worten erinnert sich Goldfuchs an das spielende Kind in der Kirche. Hatte er es nicht um seine Unschuld und Unbefangenheit beneidet? Aber gibt es überhaupt einen Weg dorthin zurück? Hat er nicht seine Kindheit längst verloren und muss er nun nicht als Erwachsener seinen Mann stehen?

Anscheinend hatte Karl Herbst diese Gedanken erraten, jedenfalls antwortet er darauf: "Zu dem Dualismus des Entweder – Oder gibt es einen zweiten Weg, der Weg des Sowohl – Als auch. Dabei handelt es sich um die intellektuelle Fähigkeit, die Gegensätze der klassischen Ratio in kreativer Weise immer aufs Neue miteinander zu verbinden. Es geht nicht um Mythos oder Vernunft, sondern um Mythos und Vernunft. Wenn Sie meine Gedanken als Mythos bezeichnen, so will ich dies gern akzeptieren. Aber mein Weg der subjektiven Anschauung, der Weg, die individuelle Identität zu finden, erlaubt eine Befreiung für alle Menschen und entspricht damit zugleich der Vernunft. Auch ich brauche die kritische Vernunft, um meine Erfahrungen, die ihnen vielleicht mythisch erscheinenden, immer wieder zu überprüfen und zu interpretieren. Kommen Sie, ich will es Ihnen an einem konkreten Beispiel erklären."

Sie treten hinaus in den sonnigen Garten, in dem ein Dutzend Obstbäume stehen. Die Hälfte von ihnen trägt keine Blätter und sieht ganz abgestorben aus. Die andere Hälfte scheint gesund und trägt ein dichtes grünes Blätterwerk. Der Heilpraktiker klärt Goldfuchs schnell auf.

"Das Baumsterben hat im vergangenen Jahr auch meine Obstbäume erwischt. Alle zwölf Bäume verloren ihre Blätter und sterben ab. In diesem Frühjahr habe ich nun an sechs Bäumen hier mit einem Isolierband am Stamm Biomagneten befestigt. Und siehe da, die Bäume sind wieder ausgeschlagen, während die anderen sechs kein Blatt, nicht die kleinste Knospe zeigen."

Kritisch untersucht Goldfuchs das eben gehörte an jedem einzelnen Baum und findet eine volle Bestätigung. Neugierig fragt er: "Wie geht es nun weiter?"

Schmunzelt antwortet der Heilpraktiker: „Meine Erfahrung ist also, dass die sechs behandelten Bäume wieder ausschlagen. Vielleicht ziehen die Biermagneten irgendwelche Energien an, die den Bäumen neue Kraft geben. Ich kann den Zusammenhang nicht rational erklären und beweisen. Es muss sich also um irgendetwas Mystisches handeln. Nun überprüfe ich diese mystische Erfahrung mit meiner kritischen Vernunft: Habe ich damit irgendjemand, sei es Mensch, Tier, Pflanze oder Stein, geschadet? Habe ich damit gegen ein geistiges Prinzip verstoßen? Ich kann diese und weitere Fragen klar verneinen. Ebenso kann ich aber auch feststellen, dass ich mit meinem Tun meiner Verantwortung gegenüber unserer Umwelt ein wenig gerecht werde. Also kann ich mein Handeln auch uneingeschränkt verantworten. Und im nächsten Frühjahr werde ich auch die übrigen sechs Bäume ebenso behandeln."

"Nach diesem Prinzip wollen sie dann wohl auch ihre Algenbekämpfung fortsetzen?", will Goldfuchs weiter wissen.

„Sicherlich", lautet die spontane Antwort. "Ich hoffe, dass wir genügend Geld zusammenbekommen, im nächsten Jahr die Algen in der Nord- und Ostsee vom Hubschrauber aus mit meinem Mittel zu bekämpfen. Und wenn das wieder hilft, dann werden wir es im Jahr darauf ein drittes Mal wiederholen. Denn drei Behandlungen sind mindestens erforderlich, um dauerhaften Erfolg zu sichern."

„Warum gehen sie aber dann nicht sofort mit ihrer Aktion in die Presse? Die Medien sieht doch so wild hinter Sensationsmeldungen her, dass die ihnen bestimmt die weiteren Hubschraubereinsätze finanzieren."

„Geld würde ich auf diese Weise bestimmt bekommen", bemerkt Karl Herbst nachdenklich. „Aber ich fürchte, der Preis wäre zu hoch. Die Medien würden das Ganze nur ausschlachten und sensationslüstern einen großen Hokuspokus daraus machen. Damit würde der Sache nur geschadet. Und viele Millionen Menschen, die diese Sensationsmeldungen lesen oder hören, würden noch verwirrter, als sie es ohnehin schon sind. Etwas Entscheidendes kommt hinzu. Mit meinem homöopathischen Mittel können wir das Algenwachstum zwar stark einschränken, die Ursachen für diese Pest aber nicht beseitigen. Und die Ursachen für das abnormale Algenwachstum liegen in der Verschmutzung der Flüsse, insbesondere durch die Überdüngung in der Landwirtschaft. Und wenn man dann mit meinem einfachen Mittel das Algenproblem schnell und preiswert in den Griff bekommen kann, würde kein Mensch jemals an der Beseitigung der ursächlichen Umweltschäden denken. Das kann ich nicht verantworten. Deshalb bin ich gar nicht daran interessiert, dass meine Lösung in der Öffentlichkeit bekannt wird."

Dieser Einschätzung kann Direktor Goldfuchs nur zustimmen.

Nach alldem, was Rudolf Goldfuchs in den letzten Wochen und an diesem Nachmittag von dem Heilpraktiker erfahren hatte, wird ihm bewusst, dass ein sehr langer, weiter Weg vor ihm liegt. Schon wenige Tage später hat er in seinem Büro Gelegenheit dazu, die ersten Schritte auf diesem neuen Weg selbst zu gehen. Ihm gegenüber sitzt Hans Schmid, der Maschinenbauunternehmer, der ihn erst in diese ganze Aktion der Algenbekämpfung hinein gebracht hatte.

Nun berichtet Hans Schmid von seinen vielen fruchtbaren Gesprächen mit Renate Klar und von ihrem gemeinsamen Entschluss, ein kleines Finanzierungsinstitut zu gründen, um auf diese Weise Fräulein Klars Vorhaben der individuellen Finanzierung von Umweltschutzprojekten doch noch zu realisieren. Er fordert den Freund und Bankdirektor auf, sich mit etwas Kapital an diesem Unternehmen zu beteiligen. Doch dieser Schritt in eine neue Welt ist Rudolf Goldfuchs noch viel zu groß und viel zu unsicher. Er findet genügend Ausflüchte, warum eine Beteiligung an einem Finanzierungsinstitut nicht mit dem Ehrenkodex eines Bankers vereinbar ist.

Doch kaum hat Hans Schmid das Büro des Bankdirektors verlassen, so greift dieser zum Telefonhörer und lässt durch einen Mittelsmann von seinem Privatkapital Anteile an dem neuen Umwelt-Finanzierungsinstitut zeichnen.

Schmunzelnd lehnt sich Goldfuchs in seinem Sessel zurück. Man kann ja nie wissen, was kommt. Dann ist es schon gut, sich zumindest heimlich an dem neuen Unternehmen zu beteiligen.

Denn doppelt genäht hält besser: Sicher ist sicher!

Übrigens, in den folgenden Jahren wurde die Algenbekämpfung mit dem homöopathischen Mittel in Nord- und Ostsee fortgesetzt – insgesamt dreimal. Die Algenpest verschwand tatsächlich. Wissenschaftler rätseln heute noch über die für sie unerklärlichen Ursachen!

Die Gesellschaft der Schafe

Auf einem Spaziergang traf ich neulich einen Wanderschäfer mit seiner annähernd 400 köpfigen Herde. Mir war aufgefallen, dass die Schafe auf dem Rücken mit Farbklecksen gekennzeichnet waren. Ich fragte den Schäfer, was es damit auf sich hätte.

„Das sind gewissermaßen Laufbahnvorschriften für Schafe. Ein roter Klecks bedeutet zum Beispiel, dass dieser Hammel in den nächsten Wochen geschlachtet wird. Ein blauer Fleck besagt: Mutterschaft, weiter zur Zucht geeignet. So ist jedes Schaf in eine Gruppe eingeteilt. Die Farbe geht nicht ab, bis sich genau das erfüllt, was mit dem Farbzeichen angekündigt ist."

Sicherlich für Schafe ein einfaches, zweckmäßiges Verfahren.

Am Nachmittag dieses Tages nahm ich an einer Diskussionsveranstaltung zu sozial- und bildungspolitischen Fragen teil. Da wurde von Schülern mit unbefriedigendem Schulabschluss gesprochen, die künftig nur unqualifizierte Arbeiten ausführen könnten; von Abiturienten mit Prädikatsexamen und für Führungsfunktionen vorgesehen. Gestritten wurde über Sonderprogramme für Ausländer, für Lernschwache, für Kinder aus Arbeiterfamilien, für Mädchen oder für die Wiedereingliederung von älteren Frauen in das Berufsleben.

Die ganze Gesellschaft schien in Klassen und Laufbahn aufgeteilt, die das Schicksal jedes Einzelnen unentrinnbar bestimmen. Ob man will oder auch nicht: Mit der Klassenzuordnung ist jeder gekennzeichnet und sein Schicksal fest vorgegeben. Eher zynisch schlug ich vor, dass man ebenso ein Sonderprogramm für junge Männer vorsehen könnte, da diese doch besonderen beruflichen und familiären Belastungen ausgesetzt sein.

Was hatte ich damit angerichtet! Begeistert wurde mein Vorschlag aufgegriffen und ein weiteres Sonderprogramm für diese Hammel, pardon, für diese Problemgruppe gefordert.

Mir kann die Klassifizierung der Schafe wieder in den Sinn. Sind wir auch alle nur eine Schafherde, wo jeder einzelne fest verplant ist und nichts mehr selbst für sich tun kann? Alles bestimmt von einem allmächtigen Schäfer, der in unserem Leben vielleicht Staat, Parteien oder interessengebundene Institutionen sind?

Eine Antwort auf meine Fragen erhielt ich am Abend beim Besuch eines Konzerts. Der Liedermacher Hans Scheibner stellte sein neuestes Produkt vor, das Schubladen-Lied. Sinngemäß lautet ein Vers:

Was, Sie sind Unternehmer?
Selber schuld, mein Freund.
Abteilung: Klassenfeind.
Schublade auf und rein mit dir.
Schublade zu, und weg bist du.

„Schubladen, nichts als Schubladen", schimpfte ich einige Tage später auf der Heimfahrt vor mich hin. Ich hatte heute im Betrieb einen schlechten Tag gehabt. Mit wem ich auch gesprochen hatte, alle dachten in Schubladen und wollt mich dort hinein packen.

„Ja, sie als Unternehmer, sie müssen so denken." In diesem Stil ging es den ganzen Tag.

„Nein, ich lasse mich in keine Schublade hineinlegen." Plötzlich musste ich lächeln. Die Frage des Politikers beim Mittagessen hatte ich als Kompliment empfunden. Hat er mich doch vor vier Wochen gefragt, ob ich ein Rechter sei, zwei Wochen später dann gemeint, ich sei wohl ein ganz Linker, so fragte mich heute, ob ich Grüner wäre.

Ohne Schubladen geht's wohl nicht. Dabei bin ich nur ich, kein Schubladengespenst. In der folgenden Nacht quälten mich jedoch schreckliche Gespenster. Mir träumte, dass ich bei einer Behörde Fragebogen und Formulare gleich dutzendweise ausfüllen musste. Als ich den Beamten fragte, wozu denn all` dieser Unsinn notwendig sei, erklärte er mir: "Wir müssen sie doch in eine Klasse einteilen, ihnen ein bestimmtes Kennzeichen geben, damit wir wissen, was künftig mit ihn zu geschehen hat und was wir für Sie tun müssen."

Entsetzt legte ich den Bleistift fort und fuhr den Beamten an: „Ich weiß selbst, was ich zu tun habe. Ich lasse mich in keine Schublade packen, in keine

Klasse einteilen. Ich bin für mich allein verantwortlich."

Der Beamte lächelte mild: „Sie allein wissen gar nichts. Der Staat weiß alles. Wo kommen wir hin, wenn jeder für sich selbst Verantwortung übernimmt?" Da ich nicht einsichtig war, fand ich mich in meinem Traum bald im Zimmer des Amtsvorstehers wieder. Dieser erklärte mir den Sinn des Ganzen und die zwei grundlegenden Prinzipien, nämlich Isolierung und Spezialisierung.

Mit der Einteilung in feste Klassen werden die einzelnen gesellschaftlichen Gruppen isoliert voreinander geschützt. Stellen Sie sich einmal vor, die Gruppen würden direkt miteinander in Berührung kommen und sich gar selbst helfen. Das Klassenzeichen trennt sie voneinander, bestimmt zugleich automatisch, was aus ihnen wird. Damit hat alles seine geregelte Ordnung. Keine flexible Strukturen, kein Chaos, in dem jeder mit jedem sprechen und handeln kann.

Die gesellschaftlichen Zusammenhänge sind so kompliziert, dass wir dringend eine Spezialisierung benötigen. Mit unseren Klassifizierungen kann man sich um jede Klasse im Detail kümmern und die Zusammenhänge vergessen. Wir wollen doch wohl keine Ganzheitlichkeit und Einbeziehung aller Lebensbereiche bei unseren Entscheidungen? Und um die einzelnen Klassen kümmern sich die Spezialisten, echte Profis für die jeweilige Klasse. Die wissen genau was für jeden gut ist.

Da ich in allen Punkten genau entgegengesetzter Meinung war, erklärte ich aufgeregt mit lauter Stimme: "Nicht mit mir! Mich teilen sie nicht ein! Ich bin ich! Ich bin normal!"

Kaum hatte ich ausgesprochen, da fühlte ich einen brennenden Schmerz auf meiner Stirn. Entsetzt schrie ich den Amtsvorsteher an: „Was haben Sie getan? Sie haben nicht gebrandmarkt."

"Genau, guter Freund. Ich habe eben ihnen auf ihrer Stirn ein N eingebrannt, das Zeichen für normal. Denn soeben habe ich die Klasse der Normalen erfunden. Es kann doch nicht angehen, dass einer nicht klassifiziert ist."

ich erwachte schweißgebadet aus meinem Traum und konnte nur denken: "Gott sei Dank, nur ein Traum. Diese verfluchten Schubladen verfolgen mich schon im Schlaf."

Beim späteren Frühstück fragte mich mein Sohn: "Papi, du bist doch ein Unternehmer, nicht?"

Zwischen zwei Bissen murmelte ich nur bestätigend: "Hm, hm."

Die nächste Frage kam sofort: „Und warum entlässt du dann die Leute in deinem Betrieb? Die verdienen doch nichts mehr, wenn sie arbeitslos sind. Warum tust du so etwas Böses?"

Entsetzt fuhr ich hoch: „Wie kommst du denn darauf? Wieso entlasse ich Mitarbeiter?"

"Unser Lehrer in der Schule hat gesagt, die Unternehmer verfügen über Macht, Kapital und Arbeitsplätze. Und jetzt wo es schlecht geht, entlassen sie einfach die Arbeitskräfte."

Verstohlen fuhr ich mit der Hand über meine Stirn, glaubte, dass Eingebrannte zu spüren.

Das Frühstücksgespräch beschäftigte mich auch intensiv auf der Fahrt in den Betrieb. Unterwegs ärgerte ich mich über jeden Verkehrsteilnehmer und hatte nach einer halben Stunde die halbe Menschheit verurteilt, etwa nach folgendem Muster: „Typisch Frau, man sollte Frauen nicht ans Steuer lassen." Oder: „Trottel! Kannst du denn nicht aufpassen? Sicher auch wieder so ein Langhaariger ohne vernünftigen Schulabschluss."

Beim Parken vor meinem Betrieb hatte ich selbst nicht aufgepasst. Ein junger Mann konnte sich nur mit einem Sprung auf den Gehsteig retten. Kaum hatte ich die Wagentür geöffnet, überfiel mich sein Geschimpfe: „Das habe ich gern, dicken Mercedes kutschieren und einfache Leute fast überfahren. Sicherlich wieder so ein Kapitalist und Unternehmer, der meint, ihm gehöre die ganze Welt."

Meine Hand ging wieder automatisch zur Stirn. War dort ein eingebranntes Zeichen zu fühlen?

Kurze Zeit darauf machte ich Ferien. Ich wollte allen ein Schnippchen schlagen. Mich sollte keiner klassifizieren und einteilen können. Ich ließ mir einen Vollbart und auch die Haare länger wachsen.

Keiner sollte ein Zeichen erkennen. Die Zigarren tauschte ich mit einer Pfeife. Von nun an trug ich auch eine bewusst legere Kleidung. So kam ich völlig verwandelt in meinen Betrieb zurück.

Wir hatten gerade eine steuerliche Betriebsprüfung. Und der Prüfer beschwerte sich über die schlechte Steuermoral der Unternehmer. Ich freute mich diebisch. Nun kam die Generalprobe. Dank meines neuen Aufzugs würde man mich nicht mehr einfach klassifizieren können. Aber was kam dann? Als mich der Steuerprüfer in meiner Kleidung erspähte, flog es ihm spontan heraus: „Sie sind auch so ein Unternehmer, aber ein ganz Alternativer, was?"

Aus einer Schublade kommt man nicht mehr heraus, wenn man einmal darin liegt. Ich wollte in meinem Kampf gegen die Klassen resignieren, besann mich dann aber eines Besseren.

Ich mache nun die Klassifizierungen mit. Ich bin ein Einteilungs-Perfektionist geworden. Jeder und alles wird eingeteilt. Ständig erfinde ich neue Klassen und Schubladen. Meine Hoffnung ist, dass wir eines Tages unendlich viele Klassen haben, für jeden Menschen eine eigene Schublade. Dann haben wir wieder die menschliche Vielfalt, die Flexibilität und Ganzheitlichkeit. Dann ist unser Leben wieder eine herrliche Wiese, auf der tausend bunte Blumen blühen, wieder erlebnisreicher Mischwald und nicht länger eintönige Schonung.

Des Menschen Engel ist die Zeit

Herrlich! Fünf Tage Istanbul. Für Gerd Hennings sind sie aber keine Erholung, keine Ferien. Er berät die Stadtverwaltung von Istanbul zu einem großen Neubauvorhaben. Ein riesiges Projekt, ein völlig neuer Stadtteil soll entstehen, direkt am Bosporus, am südlichen Stadtrand. Die fünf Tage sind angefüllt mit Gesprächen, Planungen, neuen Verhandlungen und wieder neuen Planungen. Aber einen halben Tag muss sich Gerd Hennings unbedingt aus diesem dichten Fünf-Tage–Programm herausschneiden. Er verzichtet dieses Mal auf jeden abendlichen Stadtbummel, sagt Einladungen ab und arbeitet bis spät in die Nacht hinein. Er muss auf jeden Fall einen halben Tag frei schaufeln für einen Abstecher zum Schwarzen Meer. Es wäre ja kein großes Problem, wenn er auf dem europäischen Teil bliebe, beispielsweise nach Zarter führe. Dann könnte er mit einem Wagen in einer guten Stunde am Schwarzen Meer sein, in der Sonne liegen, schwimmen, faulenzen.

Aber darum geht es ihm gar nicht. Er will unbedingt nach Syle, dem kleinen Fischerdorf auf dem asiatischen Teil, drei Autostunden von Istanbul entfernt. Heute Mittag soll es losgehen. Den Mietwagen hat er sich in aller Frühe beschafft. Er wartet vollgetankt und abfahrbereit unten auf der Straße. Doch Gerd Hennings sitzt noch hier oben im fünften Stock des Verwaltungsgebäudes der Bauabteilung. Und die elendige Verhandlung zieht sich in die Länge. Immer neue Wenn und Aber.

"Diese Türken haben eine Ruhe". Gerd möchte am liebsten hinauslaufen. Doch das geht auf keinen Fall. Es sind extra Beamte vom Planungsministerium aus Ankara gekommen. Heute soll die Vorentscheidung zu seinem Planungs-Entwurf fallen.

Endlich ist es soweit. Der Vorsitzende fast zum dritten Mal die besprochene Änderung zusammen, die Gerd morgen in seinen Plänen umsetzen muss.

Gerd schlägt eine Einladung zum Mittagessen entschuldigend aus. "Ich muss heute unbedingt nach Syle. Und damit ich heute Abend mit der letzten Fähre den Rückweg schaffe, muss ich jetzt unbedingt los."

Er verabschiedet sich mit geschäftsmäßiger Hast. Unten auf der Straße leider ein fürchterliches Gedränge. Die Autos kommen nur schrittweise vorwärts. Dazwischen Lastenträger, die alle möglichen Gegenstände auf ihrem Rücken zum nahen Basar schleppen. Gerd flucht und schimpft. Obwohl es kaum etwas hilft, hat er, wie die meisten Türken, eine Hand ständig auf der Hupe. Das Geschrei der Lastenträger, das Schimpfen der Autofahrer, die Ausrufungen des Wasserverkäufers — alles geht in diesem ständigen Hubkonzert unter.

Endlich hat Gerd die Anlegestelle der Fähre nach Üsküdar erreicht. Hier muss er übersetzen zu asiatischen Teil. Natürlich hat die Fähre gerade abgelegt, und er verliert wieder 20 Minuten seiner kostbaren Zeit. Zeit, die er eigentlich in Syle verbringen wollte.

Syle. Seine Gedanken eilen voraus zu dem Ziel seiner Reise und gleichzeitig 22 Jahre zurück in die Vergangenheit. Damals hatte er als Student auf dem Campingplatz in Syle drei herrliche Urlaubswochen mit Annegret verbracht. Für ihn war es seine erste große Liebe. Jede gemeinsame Stunde mit Annegret hatte er genossen. Am einsamen Strand des Campingplatzes, unter den reetgedeckten Sonnenschutzhäuschen, beim Tauchen an den Felsen einige Kilometer östlich von Syle und vor allem in dem einfachen Restaurant der Neumeiers. Die Neumeiers waren Österreicher, betrieben die Gaststätte hier bereits seit sieben Jahren. Daneben versuchte sich Herr Neumeier ein wenig als Schriftsteller. Ob es die Neumeiers noch gab?

Gerd Hennings fiebert Syle entgegen, als er von der Fähre herunterholpert und mit Vollgas los braust. Er nimmt die Kurven der engen Straßen viel zu schnell. Gott sei Dank ist außerhalb der Stadt der Verkehr nicht so stark. Wenn nur die Straßen nicht so schlecht wären! Eine Schotterbahn wie ein Waschbrett. Der Wagen ächzt in allen Fugen. Gerd wird von einer Seite zur anderen geschleudert. Doch er nimmt den Fuß nicht vom Gaspedal. Er hat es sich einfach in den Kopf gesetzt: Er will nach Syle. Braust mit unverminderter Geschwindigkeit weiter, auch wenn hinter ihm Lastwagen hupen, die seinetwegen stark an den Straßenrand gedrängt wurden, oder Türken wütend schimpfen, die geduldig am Straßenrand sitzend auf den Überlandbus warten und von der Staub- und Dreckfahne seines Autos eingehüllt werden.

Und dann passiert es. Er hat gerade Beykoz erreicht, ein kleines Provinzstädtchen, etwa auf der Hälfte des Weges nach Syle. Zum Glück hatte er die eigene Geschwindigkeit herunter genommen. Gleichwohl kann er dem schweren Überlandbus, der mit überhöhtem Tempo aus der Stadt heraus braust, in einer unüberschaubaren Kurve nicht ausweichen. Der Bus hat nur ein paar Schrammen am Kotflügel und an der hinteren Stoßstange. Die fallen bei dem lädierten Zustand des Busses gar nicht weiter auf. Doch Gerds Mietwagen hat es gehörig erwischt. Der linke Kotflügel ist nur noch ein Trümmerhaufen. Doch am schlimmsten: Der Vorderradschenkel scheint gebrochen, jedenfalls steht das Rad ganz schief in 90 Grad zur Fahrtrichtung.

Mit dem Busfahrer beginnt ein umständliches Palaver, an dem sich auch alle Fahrgäste lebhaft beteiligen. Polizei braucht man keine. Da beide Schuld tragen, Gerd hat die Kurve geschnitten, und der Busfahrer fuhr zu schnell, einigt man sich darauf, dass jeder seinen Schaden selbst trägt. Nur Gerd kann in seinem Auto unmöglich weiterfahren. Zum Glück gibt es in Beykoz eine Filiale seiner Leihwagenfirma. Ohne Geduld fügt sich Gerd in das Unvermeidliche und erträgt das Klagen und Jammern des Angestellten über das kaputte Auto. Erst als er erklärt, dass er ja eine Voll-kaskoversicherung für den Mietwagen abgeschlossen habe und jeden Schaden bezahlen würde, den die Versicherung nicht übernehmen würde, hellt sich die Miene des Angestellten auf. Es beginnt ein langer Papierkrieg, Garantie-Erklärungen müssen abgegeben, Unfallbeschreibungen ausgefüllt und die Papiere für einen neuen Mietwagen zusammengestellt werden. Währenddessen grübelt Gerd: „Und ich fahre heute doch noch nach Syle. Wenn ich jetzt gleich loskomme, erreiche ich Neumeiers Restaurant noch im Hellen. Dann übernachte ich halt dort und fahre morgen in aller Frühe zurück nach Istanbul."

Doch dann eine neue Überraschung. Gerd will die Kaution für die Reparatur des Unfallwagens sowie die Miete für den neuen Leihwagen mit einem Scheck bezahlen, denn so viel Bargeld trägt er nicht bei sich. Der Angestellte hebt entsetzt die Hände und kramt seine ganzen Deutschkenntnisse hervor „Nein, Scheck nicht gehen. Ich brauche Bargeld. Du gehen zur Bank und Geld holen. Ich Papiere fertig machen."

Was bleibt Gerd Hennings anderes übrig? Also schnell zur Bank. Draußen erreicht er auf Anhieb ein Dolmelus, ein Taxi. Anstatt dass der Fahrer sofort zur nächsten Bank losbraust, fährt er im Schritttempo durch die Straßen und ruft nach weiteren Fahrgästen, die in die gleiche Richtung wollen. Erst als ein ansehnlicher Geldschein den Besitzer wechselt, ist der Taxifahrer überredet, aus-

nahmsweise einmal vom Dolmelus-Prinzip abzu-
weichen und mit einem einzigen Fahrgast zu fahren. Welche Verschwendung! Zeit gibt es doch
genug.

Da, an der Ecke ist eine kleine Bankfiliale. Der
Fahrer bremst. Schon springt Gerd heraus und
rüttelt wütend an den Gittern der verschlossenen
Bank. Er ruft und ruft, bis sich der einzige Bankangestellte ans Gitter bequemt. Ja, normalerweise
sei die Bank bis 18:00 Uhr geöffnet. Doch heute
hat der Bankangestellte schon viel früher Schluss
gemacht. Er ist einfach müde. Kein Bitten und Fle-
hen hilft. Der Tresor ist schon verschlossen. Die
Bank ist zu. "Heute nix Geld. Du wiederkommen
morgen oder zu anderer Bank gehen."

Gerd Hennings Stimmung nähert sich dem Ge-
frierpunkt. Er macht sich auf die Suche nach einer
anderen Bank. Gott sei Dank hat der findige Fahrer
zwei Straßen weiter eine kleine Filiale gefunden.
Gerd atmet auf. Die Bank ist geöffnet, und er wird
zuvorkommend von einem alten Herrn bedient.
Dieser prüft sorgfältig die ausgefüllten Schecks,
überträgt die Zahlen in ein Formular, gibt Gerd
dann aber zu verstehen, man müsse warten, die
rechte Zeit sei noch nicht gekommen.

Dies ist zu viel für die stark strapazierten Nerven
eines ständig unter Zeitdruck stehenden deutschen
Geschäftsmannes. Gerd Henning explodiert und
tobt. "Rechte Zeit? Was soll der Quatsch? Ich habe überhaupt keine Zeit. Ich will nur mein Geld!"

Der Bankangestellte lächelt nachsichtig, als hätte er solche Argumente schon Dutzend Mal gehört. In einem unglaublichen Gemisch aus Deutsch und Englisch gewürzt mit einigen türkischen Brocken, dort wo die entscheidenden Vokabeln fehlen, muss sich Gerd Hennings seine lange Geschichte anhören.

Syle ist für ihn im Moment vergessen. Seine Geduld wurde überstrapaziert. Ihn interessiert nun in erster Linie, wie er an sein Geld kommt und was einen türkischen Bankangestellten bewegt, mit der Auszahlung zu warten, bis die rechte Zeit gekommen ist

Gerd Hennings erfährt erstaunliches. Anscheinend ist sein Gegenüber in erster Linie Philosoph und erst weit danach Bankangestellter. Denn in aller Ruhe setzt er Gerd auseinander, dass jede Zeit ihre besondere Qualität habe. Viel zu viele Menschen hätten dies nur schon seit Jahrhunderten vergessen. Sie hetzten dahin, als wollten sie die Zeit überholen. Ihr Kopf wäre in der Schule vollgestopft mit Wissen aus der Vergangenheit. Sie könnten aber nichts damit anfangen, keinen Augenblick zufrieden genießen und nur immer an die nächste Aufgabe, an morgen oder übermorgen denken, und dabei würden sie ganz vergessen zu leben. Und diese unglücklichen Menschen, die so arm seien, dass sie nicht einmal Zeit haben, würden die wichtigsten Dinge in ihrem Leben beginnen, ohne auf die jeweilige Qualität der Zeit zu achten. Da würden große Geschäft abgeschlossen, geheiratet oder verreist, ohne je den rechten Zeitpunkt abzupassen. Dann würde natürlich aus diesen ganzen Dingen nichts. Und diese unglücklichen Menschen müssten zwangsläufig immer noch unglücklicher werden.

Gerd Hennings kann nur verständnislos mit dem Kopf schütteln. Bedingt durch die Sprachschwierigkeiten hat er nur die Hälfte verstanden. Und auch diese Hälfte scheint ihm als absurder Unsinn. Vor allem versteht er nicht, was dies alles mit seiner Scheckeinlösung zu tun hat.

Der ältere Bankangestellte zieht ihn fort zum Fenster und deutet auf die gegenüberliegende Straßenseite. Dort sitzt eine ganze Reihe von Straßenhändlern, die Teppiche, Schmuck, Gewürze, Stoffe und alles das, was ein echtes Touristenherz höher schlagen lässt, feilbieten. Zwei große Touristenbusse stehen etwas weiter oben an der Straße und ein ganzer Schwarm von Touristen schwirrt wie ein um seine Honigvorräte besorgter Bienenschwarm um diese Straßenhändler herum.

Gerd Hennings hat solche Straßenhändler überall in der Türkei, insbesondere im großen Basar von Istanbul haufenweise erlebt und versteht nicht, was es ausgerechnet an diesen Leuten so interessantes zu sehen gibt. Unter den erklärenden Worten des Bankangestellten schaut er erstmals etwas genauer hin und macht dann eine erstaunliche Entdeckung.

Die Straßenhändler rufen zwar jedem vorbei-schlendern Touristen etwas zu, aber sie warten dann eine ganze Weile mit gelassener Ruhe, bis sie plötzlich sehr aktiv werden und sich so intensiv um einen Kunden bemühen, bis sie diesen in das Geschäftsinnere ziehen und tatsächlich auch etwas verkaufen. Gerd studiert die einzelnen Touristen sehr aufmerksam. Er kann kaum Unterschiede feststellen, vor allem aber keine besonderen Merkmale, die die Straßenhändler plötzlich zu so erstaunlichen Aktivitäten veranlassen könnten.

„Sie warten auf die rechte Zeit", erklärt der freund-liche Bankangestellte. "Und sehen Sie dort, da schließt einer seinen Laden, wo er doch jetzt die meisten Käufer hätte. Sicher hat er für heute genug verdient und glaubt, für ihn wäre heute nicht mehr die rechte Zeit für ein gutes Geschäft."

Gerd Hennings nickt versonnen. Er hat ein wenig von dem begriffen, was ihm der philosophische Bankangestellte klarmachen will. "Aber was hat dies alles mit seinem Geld zu tun? Ist denn nun für ihn oder für den Bankangestellten nicht die rechte Zeit, seine Schecks einzulösen?"

Der alte Herr lacht herzhaft, als er Gerds Überle-gungen endlich versteht. Nein, die rechte Zeit für die Scheckeinlösung sei noch nicht gekommen. Er habe nämlich im Moment überhaupt kein Geld mehr. Die Touristen draußen hätten vorhin mit ih-ren Schecks seine ganzen Reserven aufgebraucht. Gleich käme ein Bote von der Hauptfiliale mit dem notwendigen Nachschub. "Gleich kommen Geld, nur etwas warten – macht nichts."

"Macht nichts? Der hat gut reden", denkt Gerd. "Ich will heute noch unbedingt nach Syle. Oder sollte dafür etwa heute nicht die rechte Zeit sein? So vieles lief schon quer auf meiner Fahrt. Ob da wirklich etwas dran ist mit dieser besonderen Zeitqualität?"

Mitten in Gerds Gedanken hinein trifft der lang ersehnte Geldbote ein. Wenige Minuten später hat er sein Geld und wird von dem freundlichen Bankangestellten mit den Worten verabschiedet: "Immer denken daran: Des Menschen Engel ist die Zeit!"

Obwohl nun das letzte Hindernis ausgeräumt ist, hat es Gerd Hennings plötzlich gar nicht mehr so eilig. Im gemächlichen Tempo setzt er seine Fahrt nach Syle fort. Doch seine Gedanken sind bei dem Erlebnis in der Bank. Einer spontanen Eingebung folgend, wendet er den Wagen auf der Straße und fährt zurück nach Istanbul.

In einem gemütlichen Lokal in unmittelbarer Nähe der Hagia Sophia, der großen Istanbuler Moschee mit den unerklärlichen Bauwundern, verlebt er einen zeitlosen Abend. Bei gutem Wein und reichhaltigem Essen hat er viel Muse, über die Geheimnisse der großen Moschee sowie über die Wunder der Zeit nachzudenken.

Am nächsten Vormittag liefert er dem Planungschef der Istanbuler Stadtverwaltung seinen

Bauplan ab, der in allen Punkten volle Zustimmung findet. Beim gemeinsamen Mittagessen kommt sein Auftraggeber auf Gerds gestrigen Ausflug nach Syle zu sprechen.

"Es tut mir sehr leid, dass sie bei ihrem Besuch in Syle gestern diese Katastrophe miterleben mussten."

Gerd ist höchst verwundert. "Was ist denn in Syle passiert? Ich bin nämlich gar nicht dort gewesen, weil ich unterwegs eine langwierige Panne hatte."

„Sie waren gar nicht dort? Allah war mit ihnen. Denn gestern Nachmittag nach 17:00 Uhr ist die alte Brücke eingestürzt, die in Syle der von Hauptstraße zur Insel mit dem Campingplatz und Neumeiers Restaurant führt. Der Zusammenbruch der Brücke hat einen Lastwagen und einen Pkw mit in die Tiefe gerissen. Vermutlich sind zwei Menschen dabei ums Leben gekommen. Allah war wirklich bei Ihnen, dass Sie verhindert waren, nach Syle zu fahren."

Gerd Henning ist bestürzt. Er glaubt seinen Ohren nicht zu trauen. So gegen 17:00 Uhr ist die alte Brücke eingestürzt? Das wäre auch seine ungefähre Ankunftszeit gewesen, wenn ihn der Unfall und die lange Wartezeit in der Bank nicht dazwischen gekommen wären. Und sicherlich hätte ihn sein erster Weg zum Campingplatz auf die Insel und zu Neumeiers Restaurant geführt. Vielleicht wäre er dann gerade an diesem tragischen Zeitpunkt auf der Brücke gewesen - gar nicht auszudenken! Ja, er hatte gestern einen guten Schutzengel. Wie sagte doch der freundliche Bankangestellte zum Abschied? "Des Menschen Engel ist die Zeit."

Höre, was ich nicht sage

Vor einigen Tagen erzählte mir ein Unternehmer von den Schwierigkeiten heutiger Tarifverhandlungen. Er berichtete von der guten alten Zeit: "In den fünfziger und sechziger Jahren saßen uns noch Arbeitnehmer gegenüber, die die Betriebe aus eigener Tätigkeit kannten und Verständnis für betriebliche Probleme hatten. Wir haben auch damals hart verhandelt, kamen zu Abschluss, und dann ging die Arbeit weiter. Heute müssen wir mit geschulten Funktionären verhandeln. Die sind rhetorisch gedrillt, gewiefte Taktiker – aber keine Ahnung von betrieblichen Problemen."

Mir leuchtete ein: Typischer Fall der Fremdbestimmung. Dann geht es dann nicht mehr um den für beide Seiten tragbaren Abschluss, sondern nur noch um die Durchsetzung maximaler Forderungen.

Ich hatte dieses Erlebnis noch gut in Erinnerung, als einige Tage später ein Arbeitnehmer auf einem Seminar ebenfalls über die heutigen Probleme von Tarifverhandlungen berichtete: "Vor 20 Jahren haben wir noch mit den Unternehmern selbst verhandelt. Die kannten die Probleme der Betriebe und der Mitarbeiter aus eigener Erfahrung. Dann haben die Großunternehmen ausgefuchste Juristen als Verhandlungspartner geschickt. Nun müssen wir mit geschulten Rechtsexperten verhandeln, die wirklich nichts mehr von den täglichen Betriebsproblemen kennen. Die wollen sich nur mit allen Mitteln durchsetzen und uns austricksen."

Auch dieses konnte ich nachvollziehen. Wieder ein typischer Fall der Fremdbestimmung. Spontan wiederholte ich mein Gespräch mit dem Unternehmer, der mir wortwörtlich Gleiches erzählte, allerdings mit genau umgekehrten Vorzeichen. Bei meinen Zuhörern trat darauf zunächst verblüfftes Schweigen ein. Dann platzten dann einige heraus: "Dann haben ja beide Seiten ständig aufgerüstet und sich die eigenen Probleme gemacht. Dann müssten wir doch sofort wieder abrüsten."

in der Tat. Auch mir drängte sich sofort das Bild von der militärischen Aufrüstung auf. Besteht hier ein direkter Zusammenhang? Haben wir nicht im täglichen Leben fast völlig unbemerkt immer ein kleines Stück mehr aufgerüstet? Alles verläuft nach einem Sieger–Verlierer–Schema. Die eine Partei wägt sich im Recht und fühlt sich als Sieger. Die andere Partei, der Verlierer, legt dann zwangsläufig wieder einen Zahn zu, um beim nächsten Mal zu gewinnen. Eine ständige Aufrüstung – bis alle zum Verlierer werden. In diesem Spiel muss als Antwort auf das Verhalten des Gegners zu immer stärkeren Machtmitteln gegriffen werden. Sind da nicht die Raketen eine zwangsläufige Konsequenz unserer ständigen Aufrüstung im täglichen Alltag? Müssen wir nicht dann mit der Abrüstung im täglichen Alltag beginnen? Damit beispielsweise bei Tarifverhandlungen wieder die miteinander sprechen, die selbst direkt davon betroffen sind?

Alles schöne Wort. Aber wie fangen wir das an? Jeder glaubt doch, er könnte selbst nichts tun, erst müsste der andere ein Schritt entgegenkommen. Die wichtigsten Voraussetzungen zur Durchbrechung des Verlierer–Sieger–Prinzips sind Offenheit und persönliche Stärke. Indem wir darüber miteinander sprechen, was uns tatsächlich bewegt. Und nicht vordergründig über das, wovon wir uns den größten taktischen Erfolg versprechen.

Auch meine beiden Gesprächspartner haben nicht miteinander über ihre gleich lautenden Sorgen bei Tarifverhandlungen gesprochen, sondern nur mir, einem neutralen Dritten, dies mitgeteilt.

Im ständigen Aufrüstungswettbewerb haben wir uns daran gewöhnt, mit Masken zu leben. Wir sprechen über Dinge, präsentieren unsere Masken, die nicht mehr uns selbst wiedergeben. Ein Versteckspiel? Dann kann es nur eine Antwort geben: „Achte nicht auf meine Maske! Höre, was ich nicht sage!"

Sozialer Kältetod

Ort der Handlung: eine der vielen endlosen Debatten zur Gesellschafts- und Sozialpolitik. Gefordert werden zusätzliche staatliche Programme für Problemgruppen, mehr Geld, mehr Gesetze, mehr Verteilung. Immer mehr Einwohner unseres Landes werden zu Behinderten, zu Schwachen, zu Problemgruppen erklärt. Und ist einmal der Stempel "staatliche Sonderbehandlung" aufgedrückt, wird man ihn nie wieder los.

Die Debattenredner verstehen sich nicht. Jeder wirft dem anderen unsoziales Verhalten vor. Jeder will den anderen übertrumpfen. Ein älterer Zuhörer ist fassungslos. Über drei Stunden hat er diese Wortgefechte aufmerksam verfolgt. Nun hat er sich zu Wort gemeldet und tritt zögernd ans Mikrofon. Er ist kein geschulter Redner. Langsam, stockend spricht er und bekennt

„Ich habe als einer der Betroffenen von alldem nichts verstanden, was sie hier sagen. Sie sprechen vom sozialen Netz, zitieren Paragraphen, beschwören die gemeinsame Verantwortung. Dies ist alles so kompliziert, verdreht, fern ab von der Wirklichkeit. Worin liegt denn das Problem? Ich meine, in der Kälte, die unsere Gesellschaft herrscht. Und eine solche Kälte spüre ich hier in diesem Raum, ganz besonders aus Ihren Worten.

Sehen Sie, ich habe hier in der Hand einen kleinen Stein. Er ist fest und stark. Jedes Molekül hält fest sein Gegenüber, und das macht jedes Molekül und damit den ganzen Stein stark. Und wenn wir nun dem Stein Wärme entziehen, ihn immer stärker abkühlen, dann passiert lange Zeit gar nichts. Wir merken zunächst nicht, dass sich überhaupt etwas an der Struktur des Steins ändert. Er wird immer nur ein wenig kälter, bis schließlich ein gewisser Kältegrad überschritten ist. Dann zerfällt der Stein plötzlich zu Staub.

Und genau so ist es in unserer Gesellschaft. Es wird immer nur ein bisschen kälter. Wir merken nichts. Wir ziehen uns halt wärmer an. Langsam aber sicher wird immer mehr Liebe entzogen und Kälte erzeugt, bis ganz plötzlich unsere Gesellschaftsstrukturen wie beim Stein zu Staub zerfallen. Liebesmangel? Kältetod!

Denkt an die Moleküle des Steins. Jeder muss ein wenig sein Gegenüber festhalten. Wir brauchen Liebe und Wärme. Keine weiteren Programme und Paragraphen."

Der alte Mann geht wieder zu seinem Platz. Bei den Zuhörern zunächst verlegene Stille, dann rauschender Beifall. Kaum ist dieser verklungen, schon meldet sich der nächste Debattenredner zu Wort: "Genau, wir brauchen mehr Nächstenliebe. Das hat mein Parteitag schon im letzten Jahr beschlossen. Deshalb fordere ich vom Gesetzgeber...."

Der alte Mann verlässt schweigend den Saal. In seiner Hand in der Manteltasche den kleinen Stein. Der Stein ist warm, nur im Saal herrscht eisige Kälte!

Karl Funktionär

Karl Funktionär hat die letzte Runde der Tarifverhandlungen glücklich überstanden. Recht erfolgreich kämpfte er für eine deutliche Arbeitszeitverkürzung sowie für höhere Löhne. Endlich beginnen die verdienten Ferien. Ab geht's in den sonnigen Süden. Vierzehn unbeschwerte Urlaubstage in einem Sporthotel am herrlichen Strand von Agadir liegen vor ihm.

Die Sport- und Freizeitmöglichkeiten in diesem Club sind ideal. Genau das Richtige für Karl. Gleich am ersten Tag tummelt er sich auf dem Tennisplatz. Bloß die Hitze und die ungewohnte körperliche Anstrengung machen ihm zu schaffen. Nach zwei Stunden ist sein Körper ausgelaugt und total verschwitzt. Zu blöd! Für diese harte Freizeitarbeit muss er auch noch einen schönen Batzen Geld zahlen.

Karl verordnet sich ein paar Stunden faulenzen am Strand. Nachmittags steht Segeln auf dem Programm. Kahl ist begeistert. In einem kleinen Boot so auf dem Wasser dahin zu treiben, das ist schon ein Genuss. Kein Motorenlärm, nur das flatternde Segel, das Knarren des Mastes und der Taue. Doch das Segeln in der steifen Brise und den mächtigen Wellen des Atlantiks ist auch ganz schön anstrengend. Sein Körper schmerzt von der anstrengenden Arbeit, pardon, Freizeitbeschäftigung. Und in seiner Hand wächst eine große Blase – entweder sind die Tau zu rauh oder seine Hände zu weich.

Abends im Bett liest Karl ein Buch über die alte Zeit der großen Segelschiffe: "Muss doch ganz schön anstrengend gewesen sein für die Jungens, bei jedem Wind und Wetter über den Atlantik zu segeln. Sicherlich eine harte Arbeit und der Lohn für diese Schufterei extrem schäbig." Karl ist längst nicht mehr bei dem Buch. Heute Nachmittag hat er beim Segeln auch schwer schuften müssen und dafür auch noch bezahlen dürfen. Eine total verdrehte Welt. Die einen schwitzen bei dieser Arbeit in ihrer Freizeit und blechen noch ihr sauer verdientes Geld dafür. Die anderen verdienen genau mit der gleichen Schufterei sauer ihren Lebensunterhalt.

In dieser Nacht wird Karl von einem fürchterlichen Albtraum geplagt. Unruhig und gequält wälzt er sich im Bett. Er wird von vielen tausend Arbeitern verfolgt. Mit wütenden Gebrüll und drohenden Fäusten hetzen sie ihn erbarmungslos durch die Stadt. Steine fliegen, Knüppel sausen nieder. Karl rennt um sein Leben. Da, er ist am Ende, in einer Sackgasse gefangen, von der aufgebrachten Meute wie ein Fuchs gestellt. Sie rückt immer näher, kreist Karl ein. Der Wortführer des Mobs klagt ihn an: "Karl Funktionär, du bist verurteilt. Du hast die Arbeiterklasse verraten. Du hast uns immer weniger Arbeitszeit gegeben und wir müssen zum Ausgleich der Kosten in weniger Arbeitszeit viel mehr leisten. Du hast Arbeit verdichtet und damit uns unsere Arbeitsfreude gestohlen. Nun müssen wir in der Freizeit teuer für das bezahlen, wofür wir früher einen Lohn erhielten. Was hast du zu deiner Verteidigung zu sagen?"

Karl stammelt entsetzt: "Ich, ein Verräter? Ich habe doch immer nur für die Arbeiter gekämpft, euer Bestes gewollt."

"Unser Bestes?", höhnt die aufgebrachte Menge, „hast du jemals unsere Arbeit getan? Weißt du überhaupt, was wir tun? Woher nimmst du das Recht, für uns zu entscheiden, was unser Bestes ist?"

"Weil ihr es selbst nicht einseht, nicht überblicken könnt", rutscht es ihm heraus. „Und ich habe doch studiert und kenne die Zusammenhänge. Glaubt mir, es ist das Beste für euch, wenn ihr weniger arbeitet, trotzdem mehr Geld bekommt und davon in eurer Freizeit alles kaufen könnt."

"Eine Frechheit! Er verhöhnt uns", grölt die Menge. „Er ist ein Kapitalist. Er will, dass wir in der Freizeit schuften und schwitzen und dafür auch noch bezahlen müssen. Nieder mit dem Verräter!"

Die Keulen sausen herab, treffen ihn empfindlich.

Karl wacht schweißgebadet auf. Ein böser Alb-traum, der ihn noch lange verfolgt. Beim Frühstück blättert Karl Funktionär die zwei Tage alte deut-sche Zeitung durch. Im hinteren Teil findet er einen interessanten Artikel über das chinesische Ge-sundheitssystem. Die Chinesen kennen keine Krankheitskosten, sondern nur Gesundheitskosten. Die Ärzte erhalten beispielsweise nur ein Honorar für ihre Bemühungen, wenn der Patient wirklich wieder gesund wurde.

„Die haben das System genau umgedreht", schießt es ihm durch den Kopf. Und dann kommt ihm der Gedanke: "Vielleicht müssen wir es bei den Tarif-verhandlungen genauso machen. Einfach umdre-hen. Vielleicht nicht weniger Arbeitszeit, sondern von den Arbeitgebern mehr Arbeit verlangen; Ar-beit entdichten und damit wieder Freude und Sinn-gebung schaffen. Oder noch besser: Die Arbeit zum Hobby machen. Und davon sollte jeder mög-lichst vielen haben und dafür einen gerechten Lohn erhalten. Dann wird auch diese gan-ze Freizeit-Schufterei überflüssig."

Diese abenteuerli-chen Gedanken be-schäftigen ihn den ganzen Tag. Auch bei der morgendlichen Gymnastikstunde am Strand. Karl spürt

112

dabei den schmerzhaften Muskelkater, die Folgen seines Freizeitvergnügens am Vortag. Und selbstverständlich kostet die Gymnastikstunde wieder etwas, zwei rote Perlen. Perlen sind die Zahlungseinheit im Club. Aber natürlich bekommt man sie nicht umsonst, die muss man an der Rezeption gegen harte Währung eintauschen. Eigentlich ein ganz schöner Trick. Man merkt gar nicht so genau, was man bezahlt, gibt einfach ein paar Perlen aus Plastik. Vielleicht ist aber auch diese Idee etwas Gutes abzugewinnen. "Wie wär's, wenn ich bei den Tarifverhandlungen anstatt immer mehr Geld einmal schöne bunte Perlen in Form von Freude und Spaß bei der Arbeit fordern würde?"

Wieder so ein alberner Gedanke. Kahl wischt ihn fort. Für heute hat er genug von der Freizeitarbeit. Er macht einen Bummel durch Agadir. Keine besonderen Sehenswürdigkeiten. Die alte Stadt wurde Anfang der sechziger Jahre durch ein Erdbeben vollständig zerstört und neu aufgebaut. Umso mehr hat Karl Muße, durch Geschäfte zu bummeln, dem Verkaufspersonal und den vielen anderen Arbeitskräften bei ihrem Tun zu zuschauen. Am meisten interessieren ihn die Souks: Das bunte Treiben auf dem Obst – und Gemüsemarkt, die vielen kleinen Handwerksstätten und einfachen Läden aller Art. Ihm fällt besonders die Fröhlichkeit auf, die hier herrscht. Alle scheinen mit sehr viel Spaß bei Ihrer Arbeit zu sein. Sie warten geduldig auf Kunden, bieten mit scherzhaften Sprüchen ihre Ware an, handeln und feilschen – ein fröhliches Spiel. Richtig, die gewiss nicht leichte Arbeit scheint hier irgendwie spielerisch, leicht und locker zu verlaufen. "Die müssen starke Gewerkschaften und schwache Arbeitgeberverbände haben", denkt Karl. "Wie hätten sie sonst so viel Fröhlichkeit und Freude bei der Arbeit organisieren können?" Umso erstaunter ist Karl, als er beim Kaffee vor dem Rathaus von einem städtischen Bediensteten erfährt, dass Gewerkschaften und Arbeitgeberverbände eine sehr untergeordnete Rolle spielen. Hier wird überhaupt wenig organisiert. Natürlichkeit und lebendiges Leben sind die größte Selbstverständlichkeit der Welt. "Klar, wir haben auch viele Missstände", meint der aufgeschlossene marokkanische Beamte. „Wir haben sehr viel zu tun, um unser tägliches Chaos einigermaßen erfolgreich zu improvisieren. Aber wir haben auch nicht die Probleme der überorganisierten, überzüchteten Funktionärsgesellschaft, die ich in Deutschland kennengelernt haben."

Karls Blick für die besonderen Arbeitsverhältnisse in Marokko ist geschärft. So fällt ihm auch im Club auf, dass alle Dienstleistungen mit einer fröhlichen Selbstverständlichkeit verrichtet werden. Anderen einen Dienst zu tun, scheint hier noch nicht verpönt zu sein, eher Spaß zu machen. Wie sonst wären die herzliche Fröhlichkeit und Gastfreundlichkeit von Kellnern, Gärtnern, Strandwächtern und den vielen anderen Clubhelfern zu erklären?

Karls berufliches Interesse ist geweckt. Beim abendlichen Bier auf der Terrasse hat er Gelegenheit zu einem langen Gespräch mit dem Club-

Direktor. 420 Helfer bei knapp 900 Gästen hat der Club. Persönliche Dienstleistungen sind da noch finanzierbar. Die Arbeitskraft des Menschen wurde nicht zu teuer gemacht und weg rationalisiert.

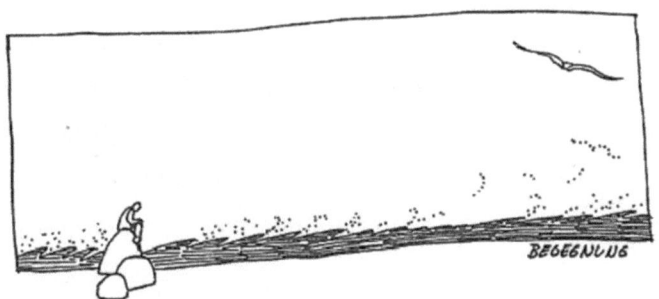

Karl kommt auf die ausgesprochene Sauberkeit des gesamten Clubs zu sprechen. Ja, selbst der kilometerlange Stadtrand wird täglich von ganzen Arbeitskolonnen gereinigt. "Das könnte in Deutschland keiner bezahlen. Und das Schönste ist: Die Leute lachen, singen und tanzen bei ihrer Arbeit. Ist das alles das Ergebnis eines gut funktionierenden starken Betriebsrates?"

"Nein, einen Betriebsrat haben wir überhaupt nicht", versichert der Top–Manager. „Hier vertritt sich jeder selbst. Wenn jemand ein Problem hat, kommt er damit direkt zu mir. Oder aber er holt sich irgendeinen Freund, der ihn bei seinem Anliegen unterstützt. Das Wichtigste für uns ist ein gutes Betriebsklima. Wenn das Personal zufrieden und fröhlich ist, dann fühlen sich die Gäste auch am wohlsten.“

Karl Funktionär bestätigt lebhaft. Diese Theorien hat er bereits auf der Universität gelernt. Nur sie sind so schwer in die Praxis umzusetzen. Jedenfalls hatte Karl bislang damit wenig Erfolg in seinen Tarifgesprächen mit seinen Kollegen von der Arbeitgeberseite.

Der Direktor versteht das Problem nicht so recht. Warum muss man darüber verhandeln? Warum kann man es sich einfach tun?

Er erklärt es an einem Beispiel aus dem Club. „Vor zwei Jahren kam Rachid, einer meiner besten Mitarbeiter, auf die Idee, im Club eine Art Theater zu gründen. Ich war einverstanden, denn er wollte nur einen einfachen Raum zum Proben und einen sehr bescheidenen Etat für Requisiten. Die haben dann einmal wöchentlich einen bunten Theaterabend für die Gäste mit gespielten Witzen, Liedern Kabarett und Folklore veranstaltet. Ein Bombenerfolg. Die Gäste sind begeistert. Noch viel wichtiger ist aber für mich der positive Einfluss auf das Betriebsklima. Immer mehr wollen in ihrer Freizeit bei der Theatergruppe mitmachen. Ein ganz fröhlicher Haufen. Und diese Fröhlichkeit ist ansteckend. Alle planen, improvisieren, jeder eine gute Idee und kann sie umsetzen. Die ganze Arbeit ist hier ein wenig zu einem fröhlichen Theaterspiel geworden. Was will ich mehr? Meinen Leuten macht es riesigen Spaß. Die Arbeit leidet nicht, im Gegenteil, sie wird dadurch noch gefördert, und die Gäste genießen es." Nach einer nachdenklichen Pause fügt der Clubmanager schmunzelnd hinzu: "Übrigens, ich spiele selbst beim Theater mit. Schauen sie morgen Abend mal zu. Falls Sie mich nicht erkennen: Ich bin der Clown, der dumme August."

„Der dumme August? Unglaublich! Das würde bei uns kein Manager machen. Die wären sich doch viel zu schade dazu, hätten Angst, ihr Gesicht zu verlieren."

„Ich bin mir nicht zu schade, auch mal beim Bedienen einzuspringen, wenn Not am Mann ist", entgegnet der Direktor. „Aber ich erwarte auch von meinen Mitarbeitern, dass sie einmal eine unbezahlte Überstunden ohne großes Murren machen, wenn es die Arbeit erfordert. Würden die von ihm vertretenen Arbeitnehmer in Deutschland das auch tun? Würden Sie ganz persönlich dem zustimmen?"

Peng! Der Seitenhieb hat gesessen. Der Clubmanager lässt einen betroffenen, tief grübelnden Karl Funktionär bei seinem mittlerweile schal gewordenen Bier zurück.

Von diesem Schock muss Karl sich erst einmal erholen. Die Club eigene Diskothek erscheint ihm am Abend der geeignetste Ort. Die grellen Blitze der Lichtorgel empfangen ihn. Eine Lärmquelle von mindestens 150 Dezibel schlägt ihm entgegen. Karl erinnert sich: Unterstützt durch zwei wissenschaftliche Experten hatte er selbst vor gut zwei Jahren durchgesetzt, dass die zulässige Lärmbelästigung am Arbeitsplatz höchstens 60 Dezibel betragen darf. Alles, was darüber hinausgeht und technisch nicht verhindert werden kann, muss mit Freischichten oder Extraurlaub entschädigt werden. Und ausgerechnet hier in der freien Erholungszeit fühlt sich seine Klientel in der doppelten Lärmbelästigung pudelwohl. Er versteht diese verdrehte Welt überhaupt nicht mehr.

Vierzehn Tage hat Karl die Annehmlichkeiten des Sportklubs in Agadir genossen. Nach seinen anfänglichen Versuchen reduzierte er seine sportlichen Aktivitäten. Dafür nahm er sich umso mehr Zeit, einfach zuzuschauen, Land und Leute kennenzulernen, wie zu beobachten, viel zu fragen und sehr viel über sich selbst nachzudenken.

Beim Rückflug steht sein Entschluss fest: Karl Funktionär wird seine Tätigkeit bei der Gewerkschaft als hauptamtlicher Arbeitnehmervertreter aufgeben. Kurz vor seinen Ferien war ihm eine interessante Tätigkeit als Angestellter einer Versicherung angeboten worden. Er wird dieses Angebot annehmen. Zufrieden schläft er mit dem Gedanken ein: "Mal sehen, vielleicht mache ich aus meiner neuen Arbeit ein Hobby. Vielleicht werde ich bei der Versicherung auch Theaterspiel einführe." Und kein Albtraum quält seinen Schlaf beim Flug über das blaue Mittelmeer zurück nach Deutschland.

Herrn Ers Kulturkampf

ER war mit einer der vielen Wellen in das neue Ferienland gespült worden. Riesige Touristenmassen, die großräumige Jumbo-Jets in dieses Land schaffen, die dann alles überbranden, was hier natürlich lebt. Ebenso wie die Brandungswellen des Meeres ständig gegen den weißen Strand und die nahen Dünen anstürmen, unverdaute Teile aus dem weiten Bauch des Meeres ans Land spuken und Teile des Landes in ihrem gefräßigen Maul mit sich nehmen, so nagen die Touristenmassen an der Kultur des Landes, fressen sie auf, scheiden sie unverdaut wieder aus und tragen Teil um Teil mit sich fort.

Bei der Abfertigung gibt es ein großes Gedränge. ER stürmt erbarmungslos nach vorn, drängt andere mit starken Ellenbogen zur Seite, ficht einen heroischen Kampf um seine Koffer. ER hat auch als erster die lästige, viel zu umständliche Zollabfertigung überstanden und schreit in der Ankunftshalle stehend lauthals nach einem Gepäckträger. Schließlich hat ER ein Pauschalarrangement zu Sonderkonditionen gebucht mit Vollpension, Full-Service, allem Drum und Dran, und da ist ein wenig Geduld, ein Quäntchen Gelassenheit, das Tragen des eigenen Gepäcks bestimmt nicht mehr drin.

Das Hotel ist voll ausgebucht. Zum Glück hat ER – clever, wie ER ist – mit seiner Buchung ein Zimmer reserviert. Aber dann: Das Zimmer geht ja noch. Nur das Waschbecken viel zu klein und so in die Ecke eingequetscht, da kann sich ja kein vernünftiger Mitteleuropäer ordentlich waschen: "Die haben keine Kultur, die Südländer. Na warte, das bringen wir euch bei! Da gibt es hier in zwei bis drei Jahren auch ordnungsgemäße Waschbecken.

Mit dem Lehrprogramm wird sofort begonnen. ER stürmt zurück in die Hotelhalle und verlangt ein anderes Zimmer. Der Portier versteht kaum die Hälfte und ist völlig hilflos. Das Hotel ist bis unters Dach ausgebucht. Es gibt kein einziges freies Zimmer. Aber ER ist schließlich auch Gönner. Der Portier erhält eine Gnadenfrist von zwei Stunden. In der Zwischenzeit wird Er sich für den weiteren Kulturkampf stärken.

Unverschämt, schon 19:00 Uhr, und das Restaurant ist noch geschlossen. Eine Zumutung, dass ER hier wie ein Hammel zwischen all diesen Schafen vor der geschlossenen Tür drängeln muss, um sofort nach der Öffnung den besten Platz zu erhalten

Dann beginnt der Kampf am Buffet. Natürlich kämpft er in der vorderen Reihe. Schließlich hat er sich noch nie vor etwas gedrückt. "Entschuldigung Frau Nachbar, der Kuchen war für mich bestimmt, nicht für ihr Kleid."

Am Tisch muss ER sich schon wieder über die südländischen Kulturbanausen aufregen. Kein Wiener Schnitzel, keine Pommes Frites. Wer soll denn dieses ölige, undefinierbare Zeug verdauen? Ein schüchterner Herr wagt einzuwenden: "Wiener

Schnitzel gibt es doch zuhause täglich. Hier kann man doch mal fremdländische Speisen genießen. "

Das ist Wasser auf ERs Mühlen. Er läuft zur Hochform auf und erklärt mit gestenreichen Worten seine Vorstellungen von fleißigen Zöllnern, vorschriftsmäßigen Waschbecken, dienstbeflissenen Portiers und von seinem Lieblingsthema, dem guten Essen. Und danach gibt es nur eine Kultur, nämlich seine!

Der Kampf an der Rezeption geht weiter.

"Was, immer noch kein anderes Zimmer? Na, das haben wir gleich!" ER ist schließlich ein viel gereister Tourist. Flugs öffnet er seinen Koffer. Heraus kommt eine Luftmatratze. Minuten später hat ER mitten in der Hotelhalle sein Nachtlager aufgeschlagen und beginnt sich zu entkleiden.

„Aber mein Herr, das geht doch nicht. Sie können doch nicht hier in der Hotelhalle übernachten"

Und ob ER kann! ER kann einfach alles. "Hören Sie zu, Amigo, entweder ein anderes Zimmer, oder ich übernachte hier. Ich werde auch dir Kultur beibringen."

Zum Glück versteht der Portier kaum etwas. Seine Not ist groß. Ihm bleibt keine Wahl. Nur die Luxus-Suite ist noch frei.

Natürlich erhält ER diese Gemächer ohne Preisaufschlag.

ER ist zufrieden. Ganz annehmliches Luxusappartement. Wohnzimmer, Schlafzimmer, zwei getrennte Bäder. Drei Tage darf ER diese Zimmerflucht bewohnen. Dann wird ein anderes Zimmer frei. ER muss leider umziehen.

In diesen drei Tagen hat ER noch nicht viel von seinen Ferien gehabt. Die meiste Zeit hat ER verbraucht, in seinen Luxusgemächern herumzulaufen, zwischen Wohn- und Schlafzimmer, von der einen Toilette zur anderen, vom Duschbad ins Badezimmer. Nicht zu vergessen seine Bemühungen, alle Einrichtung des Hotels intensiv zu nutzen und möglichst viel Wasser, besonders heißes Wasser, zu verbrauchen. Schließlich hat ER für alles mit seinem sauer verdienten Geld bezahlt. Deshalb hat ER auch an der Besichtigung historischer Stätte teilgenommen. Die Tour war doch im Pauschalpreis inbegriffen. Der Haufen alter Steine war aber kaum die Reise wert. "Die Stalagmiten all der Kram, ist doch wurscht – egal, ob die Alten die Steine 1000 vor oder 1000 nach Christi dahin gepackt haben. Alles angeblich antik. Selbst der Hundedreck hinter der Säule. Sollen sich unser Hochhäuser einmal anschauen. Da erleben Sie richtige Hochkultur".

Dann ein Gala-Abend mit mehrgängigem Menü. Die Tische sind zauberhaft gedeckt, festlicher Kerzenschein. Doch ER verlangt lauthals mehr Licht: „Sonst sehe ich doch nicht, welchen Fraß die mir hier vorsetzen. Und wieder keine Wiener Schnitzel und Pommes Frites!" Eine einheimische Kapelle spielt dezente Tischmusik. Später folgen Folklore, Sänger mit einheimischen Liedern, eine verzaubernde Stimmung zum Träumen und Wohlfühlen. Aber nicht für ER: „Ich verstehe von den Liedern ja kein Wort!"

ER hält es nicht mehr aus auf seinem Stuhl, stürmt nach vorne auf die Bühne, reißt das Mikrophon an sich und schmettert lauthals: „Oh du schöner Westerwald..." Fast der ganze Saal grölt mit. Etwas später „Polonaise von hier bis Blankenese...." Eine Touristen-Schlange windet sich durch den Saal, natürlich ER vorweg. Ältere füllige Damen grabschen mit nackten Armen nach jungen hilflosen Kellnern, verfolgen sie bis nach draußen, rundherum um den Swimming-Pool, erwischen einen kaum Achtzehnjährigen, drücken ihm feuchte Küsse auf. ER hat eine hübsche Serviererin im Visier, umschlingt sie mit starken Armen, torkelt trunken auf der Tanzfläche, will ihr 20 Mark in den Ausschnitt schieben und raunt ihr seine Zimmernummer ins Ohr. Endlich kann sich die junge Frau befreien und hastet entsetzt davon. ER grölt ihr hinterher: „Dumme Pute, hast keinen Geschmack. Du weißt gar nicht was dir entgeht."

Später bei einem letzten Absacker um fünf Uhr in der Frühe an der Theke lallt ER: „Was für ein Fest. Den Amigos haben wir mal gezeigt, was deutsche Kultur ist, wie man richtig feiert." Und mit einem letzten „Oh du schöner Westerwald..." torkelt ER davon um seinen Vollrausch auszuschlafen.

Während der ganzen Ferien hat ER kaum Land und Leute kennengelernt, insgesamt wenig Erholung gehabt. Ständig folgte er seinem inneren Auftrag, diesem Land Kultur beizubringen.

Leider hat ER mit vielen Kampf-Gefährten und -Gefährtinnen es wieder einmal geschafft, auch diesem Land Kultur beizubringen. ER ist halt immer erfolgreich. Und wenn ER so unermüdlich weitermacht, dann wird bald auch der letzte Winkel auf diesem Globus seinen Stempel tragen, seine Kultur haben. Wo mag dann ER bloß noch Urlaub machen wollen?

Die Profis

Klaus Hagen ist ein Profi. Er lebt von den Problemen anderer Menschen. Er ist Berater. Wenn irgendwo Unternehmer, Politiker oder Verwaltungen Probleme haben, die sie selbst nicht lösen wollen, holen Sie sich einen Berater zu Hilfe, Consulting, wie es so schön neudeutsch heißt.

Klaus Hagen liebt das Beratungsgeschäft über alles und kann mit Fug und Recht sagen: Meine Arbeit ist mein Hobby. Aber auch von so einem interessanten Hobby braucht man einmal Erholung. Wenn man zwei Jahre keine Ferien hatte, gerade einen langwierigen, komplizierten Beratungsfall erfolgreich abgeschlossen hat und die letzte Zeile eines dicken Gutachtens geschrieben ist, dann kann man sich getrost zurücklehnen und auf acht Tage Nichtstun freuen.

In dieser zufriedenen Stimmung befand sich Herr Hagen. Nur ein kleiner Schatten trübte seine Urlaubsfreude. In seinem Schädel klopfte und hämmerte es unentwegt. Begonnen hatte es vor zwei Tagen. Anfangs hatte er es übersehen und mit noch mehr Kaffee heruntergespült. Nun, nachdem das fertige Gutachten die Anspannung schlagartig genommen hatte, meldete sich sein Kopf umso hartnäckiger. Herr Hagen hat sich wohl wieder wie vor Jahren bereits, eine Stirnhöhlenentzündung zugezogen. Zeitmangel nach dem Duschen, mit nassen Haaren ins kalte Herbstwetter, zu viele Zigaretten und Nachtarbeit, um das Gutachten fertig zu kriegen, rächten sich nun. Sein Körper sagte: Halt, Stopp, so geht es nicht weiter. Zum

Glück hat er ab morgen acht Tage Ferien – Zeit zum Auskurieren.

Ein Blick zu Uhr: Gerade zwei Uhr Nachmittag. Das Gutachten ist abgeschlossen. Was sollte er noch hier? „Ich beginne mit dem Urlaub sofort." Gedacht, getan. Schon befand er sich auf dem Weg nach Hause.

Der Wagen fuhr fast automatisch. Seine Gedanken waren bei seinem letzten Kunden, bei dem gerade fertiggestellten Gutachten. Und da war noch dieses blöde Hämmern im Kopf. Plötzlich ein Blitz! Seine übernächtigten Augen hatten rechts am Straßenrand ein Schild gelesen: "Hals-, Nasen- und Ohrenklinik." Durch das Hämmern in seinem Kopf kämpfte dieses Signal sich mühsam durch die Gehirnwindungen und erreichte schließlich sein Bewusstsein. Sofort kamen die Antwort und die Reaktion: „Hier kriegst du Hilfe".

Zwei Minuten später stand Klaus Hagen in der Empfangshalle der Poliklinik. Kein Mensch war zu sehen. Nur ein drohendes Schild verkündete: Nachmittags keine Sprechstunde. Er beschloss, sich von einem so blöden Schild nicht abhalten zu lassen. Gleichwohl hatte dieser kategorische Hinweis "Nachmittags keine Sprechstunde" auch bei Klaus Hagen seine Wirkung getan. Jedenfalls übte er sich in Geduld.

Sein Warten wurde belohnt. Nach etwa zehn Minuten erschien eine bezaubernde junge Krankenschwester. Mit einem herzlichen Lächeln fragte sie, womit sie helfen könne. Herr Hagen bedankte sich artig für Ihre Aufmerksamkeit und erklärte: "Kann ich bei Ihnen eine Inhalation bekommen? Meine linke Stirnhöhle ist irgendwie leicht entzündet. Das hatte ich schon mal vor Jahren. Damals habe ich mit einer Salzlösung zwei- bis dreimal zehn Minuten inhaliert und alles war wieder o.k."

Diese Worte töteten das herzliche Lächeln der Krankenschwester. Das Strahlen ihre Augen verwandelte sich in ein erstauntes Bohren. Sie atmete tief ein, schien sich aufzupumpen und vor Klaus Hagens erschrockenen Augen immer größer und gewichtiger zu werden.

Mit einem starken Stirnrunzeln platzte sie heraus: "Inhalieren? Einfach so inhalieren wollen Sie? Ohne Arzt? Ohne Krankenschein? Einfach so?"

Herr Hagen setzte sein in langer harter Beraterpraxis geschultes Lächeln auf – damit hatte er schon knallharte Profis weich gekocht – und erwiderte schlicht: "Ja, einfach inhalieren. Ich weiß, das hilft mir. Sie können mir gleich eine Rechnung ausstellen. Ich zahle bar. Da brauchen wir keine Krankenkasse und den ganzen Verwaltungskram."

Die junge Krankenschwester verwandelte sich wieder in einen Menschen. Die Luft entwich, sie wurde wieder normal groß und lächelt ein wenig spitz bübisch: "Einfach so inhalieren! Das ist mir hier in sechs Berufsjahren noch nicht passiert. Aber warum eigentlich nicht? Kommen Sie mit. Sie sollen ihre Inhalation haben. Aber ohne Rechnung und Geld. Das darf ich nämlich nicht annehmen. Ich habe hier zwar Verantwortung für die Gesundheit vieler Patienten. Aber Verantwortung für Geldeinnahmen bekomme ich nicht. Dafür gibt es extra einen Verwaltungsbeamten."

Herrn Hagen sollte es recht sein. Er wollte ja nur einfach inhalieren. Und so folgte er seiner holden Fee durch die verschlungen, geheimnisvollen Wege einer Poliklinik zu einem kleinen, einfach eingerichteten Raum. Der Inhalationsapparat war schnell hergerichtet. Und gerade wollte Klaus Hagen seinem schmerzenden Kopf die ersehnte Linderung verschaffen, als das Unglück seinen Lauf nahm.

In dem kleinen Raum fiel ein dunkler Schatten, erzeugt von einer weiß gekleideten Gestalt, die gebieterisch heischte: "Na, was machen wir denn hier?"

Herr Hagen sagte sein Sprüchlein von Nebenhöhlenentzündung, inhalieren usw. auf, kam aber gar nicht richtig zu Wort, denn schon verkündete der weiße Gott: "So geht das nicht, einfach inhalieren." Ein missbilligendes Kopfschütteln. Dann der drohende Zeigefinger auf die erschrockene, in sich

zusammengesunkene Krankenschwester gerichtet.
"Und gerade sie Schwester, sollte es besser wissen. Einfach so selbst therapieren." Die so Überraschte stammelte wie eine ertappte Sünderin:
"Verzeihung..., Vergebung..., wir wollten einfach...."

Ihre Worte wurden abgehakt von dem Fallbeil der
befehlsgewohnten Stille, zuerst an Herrn Hagen
gerichtet: "Sie kommen mit." Und im gleichen
Atemzug an die Krankenschwester: "Und dass mir
das nicht noch einmal vorkommt."

Klaus Hagen wagte nicht zu widersprechen. Ein
letzter verzweifelter Blick auf den Inhalationsapparat, ein um Verzeihung bittendes Augenzwinkern
für die so herb gescholtene Schwester, und schon
folgte er dem weißen Riesen durch die verschlungen Gänge dieses Fuchsbau. Sie machten gerade
lange genug Halt vor einer Tür, das Klaus Hagen
die Aufschrift "Assistenz-Arzt Dr. Hans von Fle-
ckenstein" lesen und verdauen konnte. Schon saß
er auf einem bequemen Stuhl, und von der anderen Seite des Schreibtisches prasselten Fragen
wie ein Hagelgewitter auf ihn herab: "Name? Alter?
Krankheiten des Vaters, der Mutter, der Geschwis-
ter? Eigene Krankheiten? Größe? Gewicht? Versi-
cherungsnummer?...."

Die Fragen nahmen kein Ende. Herr Hagen antwortete mechanisch und kramte in seinem Ge-
dächtnis nach den richtigen Antworten. Er verstand
zwar nicht ganz, was all` diese Fragen mit ihm, vor

allem mit seinem einfachen Inhalationsbedürfnis zu tun hatten. Aber in dieser sterile Atmosphäre, die professionelle Fragerei, ein erschreckendes „Hm. hm" des Arztes, sein bedenkliches Kopfschütteln lähmten seinen sonst wachen Verstand.

Ehe er sich versah, saß Klaus Hagen vor einem Schirm. Sein Kopf wurde von vorn, von den Seiten, von oben und unten mit Röntgenstrahlen durchbohrt. Wenig später war eine ganze Galerie von dunklen, unheimlichen Bildern seines Schädels aufgebaut. Und vor dieser Galerie marschierte der Mann in strahlendem Weiß auf und ab, schüttelte nachdenklich den Kopf, grunzte „Hm, hm", murmelte „erstaunlich, erstaunlich", deutete auf einen dunklen Fleck und sprach von einem bedenklichen Schatten.

Plötzlich wurde Herrn Hagen angst und bange. Er sank in seinem Stuhl zusammen, wurde immer kleiner und grübelte verzweifelt: Vielleicht ist es diesmal gar keine einfache Entzündung. Die vielen Zigaretten. Zu wenig geschlafen. Immer nur Arbeit. Raubbau. Dann die Stimme des jungen Arztes, den Klaus Hagen mittlerweile als sein von Gott gesandten Retter ansah: „Sieht zwar nicht gut aus, ist aber nicht ganz tragisch. Das kriegen wir wieder hin. Der Schatten macht mir zwar Sorgen. Sie können sich aber auf mich verlassen."

Es folgten viele lateinische Worte, die Hagen alle nicht verstand. Und zum Fragen fehlte Herrn Hagen längst das Selbstvertrauen. Er hatte sein

Schicksal ganz in die Hände dieses strahlenden Gottes gelegt. Er war mit allem einverstanden.

Flugs erfasste ihn die Gesundheitsmaschine der Poliklinik und drehte ihn durch ihre Mangel. Blutabnahme, EKG, Röntgenaufnahme der Lunge. Die gefräßigen Zähne der unendlichen Räder der Ge-

sundheitsmaschine hatten ihn erfasst, kauten und kneteten ihn durch. Und als sie ihn zwei Stunden später wieder ausspuckte, saß vor dem Schreibtisch des gewandten Assistenzarztes nur noch ein Häufchen Elend. Mehr war von dem findigen Berater Klaus Hagen nicht übrig geblieben.

Eigentlich wollte er einfach nur inhalieren. Und nun fühlte er sich sterbenskrank.

Sein weißer Gott durchblätterte den Wust von Laborergebnissen und Röntgenbildern, kommentierte in Latein mit "Hm, hm" und Kopfschütteln, und dann endlich ein verständlicher Satz: „Sieht nicht so gut aus. Aber wir schaffen das schon. Allerdings sehe ich hier, sie sind Privatpatienten. Und der Professor hat sich vorbehalten, dass nur er Privatpatienten behandelt. Also müssen wir versuchen, einen Termin beim Herrn Professor zu bekommen."

Wieder folgte Herr Hagen ergeben seinem Führer durch die sterilen Gänge der Gesundheitsfabrik. Nur – seltsam. Je näher sie den Gemächern des Herrn Professors kamen, desto kleiner schien der führende Halbgott zu werden. Er fiel richtig in sich zusammen. Und vor der entscheidenden Tür nahm er erneut alle Kraft zusammen, pumpte sich nochmal zu seiner vollen Größe auf und klopfte bescheiden an. Er streckte den Kopf vor, als wolle er sich durch die geschlossene Tür bohren, nur um das barsche „Herein!" nicht zu überhören. Das Heiligtum öffnete sich. Und da stand sie vor ihnen: Die wahre Machthaberin der Klinik, die alle Hebel stellt und alle Rädchen in dieser Gesundheitsmaschine in Gang setzt: Die Vorzimmerdamen des Herrn Professor.

Als wäre die Luft in diesem Vorraum zum Allerheiligsten zu kostbar zum Atmen, stammelte der auf die Hälfte zusammen geschrumpfte Assistenzgott in Weiß in Halbsätzen: "Komplizierter Fall... Privatpatient..., unklare Diagnose..."

Die Antwort wie aus der Pistole geschossen: „Ein Termin beim Herrn Professor? Frühestens in zehn Tagen!"

Nun zeigte sich die wahre Größe des Herrn Assistenzarztes. Er dankte artig, und an Klaus Hagen gewandt: "Da ist nichts zu machen. Sie müssen halt in zehn Tagen wiederkommen."

Bei Herrn Hagen brannte die letzte Sicherung durch. Endlich gewann er sein Selbstvertrauen zurück. Soeben hatte ihn dieser ärztliche Halbgott noch für fast tot erklärt, in gleichem Atemzug vertröstete er ihn wegen fadenscheiniger Argumente der Bewacherin des Herrn Professors. Leise, aber bestimmt, wandte sich Klaus Hagen an die Vorzimmerdame: „Verehrte gnädige Frau, ich hätte gern bis morgen Mittag einen Termin beim Herrn Professor. Und sollte das nicht möglich sein, dann gehe ich zu einem anderen Arzt in dieser Stadt. Seien Sie versichert, ich werde jemand finden, der mich noch heute behandelt. Und morgen weiß die ganze Stadt, dass hier in der Poliklinik Menschen mit schweren Krankheiten wie Autos mit Lieferzeiten behandelt werden."

Herr Hagen hatte zufällig den Schlüssel zum Sesam öffne dich entdeckt. Er bekam seinen Termin, morgen um elf Uhr.

Der Abend ist natürlich verkorkst. Er schlief schlecht, träumte und fantasierte von den schrecklichsten Krankheiten. War da nicht ein Onkel, der auch was mit dem Kopf hatte? Er ist damals daran gestorben.

Horrorbilder und giftige Blicke der Vorzimmerdamen verfolgen ihn, als er am nächsten Morgen das Sprechzimmer des Herrn Professors betritt.

Herr Hagen schildert sein Anliegen, berichtet von seinen Beschwerden und davon, dass er eigentlich nur inhalieren wollte. Hört der Professor ihm überhaupt zu? Denn während er sich seine Not von der Seele redet, blättert der Professor in einem dicken Papierberg, Herrn Hagens Gesundheits- oder besser Krankheitsakten, vergleicht Ergebnisse, macht kurze Notizen, schüttelt den Kopf. Herrn Hagen durchzuckt der Gedanke: „Hat er mich überhaupt verstanden? Oder liest er alles Menschliche nur aus diesem toten Papierkram?"

Nun schaut der Professor auf. Freundliche, wache Augen, ein zuversichtliches Lächeln. „Nun, auf den ersten Blick kann ich nichts Besorgniserregendes entdecken. Ihre Laborwerte sind alle gut. Nur der Schatten auf der einen Röntgenaufnahme stört mich. Muss ja nichts bedeuten, kann aber... Ich schlage vor, dass wir ganz sicher gehen und eine Computer–Tomographie machen."

Herr Hagen starrt ihn entsetzt an, fühlt sich total erschlagen und stammelt hilflos leise: „Computer-Tomographie?"

„Ja, ja, nichts Weltbewegendes. Hört sich schlimmer an, als es ist. Der Röntgen-Computer macht Schichtaufnahmen von ihrem Kopf. Damit können wir ganz sicher feststellen, ob der Schatten harmlos ist oder etwas Bösartiges darstellt, vielleicht einen Tumor."

Da ist das Wort heraus. Es trifft Klaus Hagen wie eine Kanonenkugel. Er hat es ja geahnt. Wie bei seinem Großonkel....

Ganze fünf Minuten dauert die Prozedur beim Herrn Professor und das Ergebnis? Ein neuer Termin. Morgen Nachmittag zur Computertomographie. Über vierundzwanzig Stunden der Ungewissheit, der Angst, der Ahnung liegen vor ihm. Diese Last wiegt Zentner schwer auf seinen Schultern. Er kann sie nirgendwo loswerden, nicht im Kino, nicht in seiner Stammkneipe an der Ecke, nicht bei den Kollegen im Büro.

Also ab nach Hause. Er ist hundemüde. Die Schlussphase des letzten Gutachtens, der Schlafmangel steckt ihm in den Knochen. Und völlig unmotiviert beschließt er, nur das und allein das zu tun, was er jetzt am dringendsten braucht, nämlich Schlaf. Er schläft wirklich tief und fest. Fast hätte er den Termin bei dem Computer Dingsda verpasst.

Eine routinierte, sehr professionelle Schwester empfängt ihn. Sie erklärt das von Chrom glänzende mechanische Ungeheuer. Lauter Apparate, Kabel, Lichter, Schreiber. Und da soll Herr Hagen seinen armen Kopf reinstecken? Die Schwester spricht Mut zu. „Keine Angst. Da schleusen wir täglich Dutzende durch. Das Ding muss sich doch bezahlt machen, immerhin kostet die Anlage über drei Millionen DM."

Die Schwester plappert munter wie ein Wasserfall. Doch Herrn Hagens Gedanken sind mittlerweile wie entfernt. Er hat das Firmenzeichen der Maschine entdeckt. Längst Vergessenes taucht wieder an die Oberfläche seines Bewusstseins. Diese

Firma hatte er selbst einmal beraten. Er sollte damals eine Marketing-Studie zu den Absatzchancen von hochmodernen Röntgenapparaten erstellen. Und nun sieht er zum ersten Mal das Ungeheuer in Natur. Klaus Hagen sieht wieder sehr deutlich seine damaligen Empfehlungen vor Augen.

„Nach der heutigen Nachfrage reicht ein tomographischer Röntgen-Computer für 300.000 Einwohner. Allerdings sind bereits so viele Geräte im Einsatz, dass sich nur noch weniger als 200.000 Personen ein Gerät teilen müssen. Alle befragten Kliniken klagen zugleich über eine starke Überlastung. Es ist damit zu rechnen, dass immer mehr Diagnosen mit diesem hochmodernen Röntgenapparat durchgeführt werden. Der verstärkte Einsatz dieser Geräte vergrößert zugleich das Marktvolumen, schafft seine eigene zunehmende Nachfrage. Es bestehen also günstige Absatzchancen."

Das war seine Beratungsempfehlung. War er nun selbst ein Opfer? Ein unschuldiges Opfer?

In Herrn Hagen steigt eine Art Ahnung und zugleich eine eiskalte Wut hoch. Nun, er hatte den Brei mit angerührt, muss ihn nun auch auslöffeln.

Das Gerät surrt um seinen Kopf und schießt Bild um Bild. Sein Kopf zerlegt in einzelne dünne Scheiben, grau-schwarze Bilder, die alles festhalten, einem Laien das Fürchten lernen und einem Spezialisten Töne der Wollust entlocken.

Am nächsten Tag, sein dritter Urlaubstag, wieder Termin beim Herrn Professor. Das Ergebnis der Computer-Tomographie soll ihm eröffnet werden. Und wirklich: Mit faszinierendem Vergnügen betrachtet der allwissenden Professor die vielen kleinen Bilder des in Scheiben geschnittenen Schädels. Er nimmt sein Patienten kaum wahr und bemerkte nicht, dass er Hagen zwischenzeitlich für sich Unheimliches erlebte. Hatte er vorgestern noch zitternd mit nassen Händen auf diesem Stuhl gesessen, so ist heute eine stoische Ruhe in ihm.

Dann verkündet der Chefarzt sein professionelles Urteil: „Lieber junger Freund, ich habe eine gute Nachricht für Sie: Kein Anzeichen eines bösartigen Tumors, kein Anzeichen auch nur irgendeiner Geschwulst. Sie sind kerngesund. Dank unserer hochmodernen Technik kann ich Ihnen das mit hundertprozentiger Sicherheit sagen. Der Schatten auf dem Röntgenbild ist lediglich eine leichte Reizung der Schleimhäute in ihren Nasennebenhöhlen. Dagegen hilft am besten eine Inhalation. Die können Sie gleich hier in der Poliklinik bekommen."

Der Professor sieht ihn Glück strahlend und Beifall heischend an. Herr Hagen ist nicht fähig, auch nur ein Wort zu erwidern. Er steht auf und geht. Des Herrn Professors erzürnte Blicke ob seines Verhaltens durchbohren sein Rücken wie Giftpfeile.

Auf dem Weg nach Hause denkt Klaus Hagen nur an Profis: „Wir Professionellen." Und damit meint er ebenso den Herrn Professor, sein Assistenzarzt wie auch sich selbst, den Beratungs-Experten.

Zuhause kramt er eine alte Schüssel und ein großes Badehandtuch hervor. Mit zwei Kamillenteebeutel und heißem Wasser verschafft er sich die schönste Inhalation. Dieses alte Hausrezept wiederholt er an seinen letzten Urlaubstagen und kann dann wieder gesund und munter voller Tatendrang ins Büro zurück.

Zufälle – gibt's die? Nach seinem Urlaubserlebnis glaubt Klaus Hagen weniger an Zufälle, aber an Bestimmung.

Der erste Arbeitstag beginnt wie täglich mit der Postsitzung. Üblicherweise schläft Herr Hagen dann noch. Seine gute Zeit beginnt erst nach zehn Uhr. Aber plötzlich ist er hellwach. Ein Brief vom Gesundheitsministerium eines Bundeslandes. Sie haben dringenden Beratungsbedarf. Die Gesundheitskosten explodieren, Sparvorschläge sollen entwickelt werden.

„Gib her", ist Herrn Hagens schnelle Antwort, „den Fall übernehme ich."

Bereits eine Stunde später hat er mit dem zuständigen Ministerialrat einen Beratungstermin für den nächsten Vormittag vereinbart. Der Herr Ministerialrat glaubt einen Karnevalsscherz zu hören, als Herr Hagen ihn nach kurzer Begrüßung verkündet, dass er ihm bereits das fertige Gutachten mitgebracht habe. Er überreicht ihm ein Blatt, auf dem nur fünf Worte stehen: „Weniger Professionelle – alles viel natürlicher!"

Der Beamte schaut Klaus Hagen verwundert an, fast ein wenig ärgerlich. Klaus Hagen erzählt ihm seine Geschichte. Er wollte einfach nur inhalieren. Und dann wurde eine Arztrechnung in vierstellige Höhe daraus.

Der Ministerialrat begreift schnell, lacht schallend. Auf diesem Beamtensessel sitzt ein kleiner Philosoph, denn er antwortet: „Im Grunde haben sie recht. Nur das wirklich Einfache ist so schwierig. Das Einfache ist so genial und deswegen so wenig möglich."

Klaus Hagen bekommt diesen Beratungsauftrag. Von seiner dicken Akquisitionsprämie kann er die Arztrechnung seines Urlaubsabenteuers nicht mal zur Hälfte bezahlen

Aber mit diesem Gutachten gibt er sich besonders viel Mühe. Es wurde fast ausschließlich von Laien geschrieben. Klaus Hagen hat fast tausend Gespräche mit Otto Normalverbraucher geführt, Vorschläge und Ideen gesammelt. Und er ist überzeugt, dies ist sein bestes Gutachten, eine wahre

Fundgrube konkreter Vorschläge zur Kosteneinsparung im Gesundheitswesen. Nur der Auftraggeber und viele seiner Beratungskollegen sind sich in ihrem vernichtenden Urteil einig: Das Gutachten ist viel zu wenig professionell.

Die Welt ist ein Spiegel

Vor einigen Wochen machte ich eine winzig kleine, für mich persönlich jedoch wichtige Entdeckung. Zunächst fiel es mir bei der morgendlichen Rasur auf. Täglich starrte mich doch ein finsterer Morgenmuffel aus dem Spiegel an. Eines Tages machte mein Töchterlein eine witzige Bemerkung, und siehe da: Aus dem Spiegel sah mich ein fröhliches Gesicht an, dass die Welt schön und lebenswert fand.

Ich hatte diese Begebenheit längst vergessen, als ich zwei Wochen später in einer Galerie vor einem Bild stand. Nach dem ersten Eindruck war das Bild es nicht wert, dass es dort hing. In Gedanken hatte ich bereits den Künstler verdammt. Ärgerlich ging ich einige Schritte weiter. Zufällig sah ich nochmals auf das schreckliche Bild zurück. Na, was war denn da passiert? Es zeigte sich dort nun ein völlig anderes Bild. Mein Interesse war geweckt. Schnell war das Rätsel gelöst. Die Oberfläche des Bildes war so konstruiert, dass man je nach Standpunkt zwei verschiedene Bilder sehen konnte. Schaute man von rechts, sah man eine Landschaft. Schaute man von links, so erblickte man ein Mädchenkopf. Es kam also allein auf den eigenen Standpunkt an, was man sah.

Die Sache beschäftigte mich auch noch einige Stunden später, als ich in einer völlig festgefahrenen Geschäftsverhandlung für mich zu dem Ergebnis kam, dass meine Gesprächspartner alle nur ausgemachte Trottel seien, die nicht wissen, was richtig ist. Besteht da vielleicht ein Zusammenhang zum Spiegel oder zum Bild? Ich veränderte im weiteren Gesprächsverlauf meinen eigenen, bislang hart vertretenen Standpunkt, versuchte zu verstehen, was meine Gesprächspartner sagen wollten, ersetzte Argumente durch Fragen.

Seltsam, die Verhandlung war schnell zu Ende. Wir konnten genau das Ergebnis erreichen, war ich von Anfang an wollte. Langsam wurde mir bewusst, mein eigener Standpunkt hatte das von mir angestrebte Ergebnis lange verhindert. Das Verhalten meiner Gesprächspartner war nur ein Spiegelbild eines eigenen Verhaltens.

Dies war meine kleine Entdeckung. Sie wurde jeden Tag ein Stückchen mehr von mir selbst. Morgens im Bus starrten die Leute mich nicht mehr böse und feindselig an. Investitionsentscheidungen wurden sicherer, weil ich die Argumente anderer vorteilsloser aufnahm. Verhandlungen führten schneller zu einem guten Ergebnis, weil ich nicht verstockt auf meinem Standpunkt beharrte.

Unsere gesamte Umwelt, die gesamte Gesellschaft ist ein Spiegelbild unseres eigenen Verhaltens. Wenn uns etwas nicht passt, dann hilft kein Jammern, dass andere etwas tun sollen. Dann müssen wir uns verändern und selbst handeln.

Wie gesagt: Die Welt ist ein Spiegel. Wir allein haben es in der Hand, welches Gesicht uns daraus anschaut.

Management by OAS

Peter Hansen ist Inhaber eines mittleren Unternehmens der Elektrobranche. Zu viel Ärger und Stress hatten ihm ein Magengeschwür und kurze Zeit darauf einen Krankenhausaufenthalt beschert. Schon gleich am ersten Tag im Krankenhaus fiel ihm die ältere Dame auf.

Ein ständiger Strom von Patienten ergoss sich aus den Bettenstationen in die kanalisierten Wege zur Röntgenstation, Blutentnahme, Labor, Bäderabteilung. Schon früh morgens begann ein emsiges Gerenne, ein Kampf am Fahrstuhl, um möglichst einen vorderen Platz mit geringen Wartezeiten vor den Werktüren der Gesundheitsfabrik zu ergattern. Nur die alte Dame hatte es nie eilig. Sie ging langsam und bedächtig, wartete geduldig am Fahrstuhl und setzte sich ruhig in überfüllte Warteräume. Sie hatte stets ein freundliches Lächeln und eine ausstrahlende Zuversicht. Aber höchst seltsam: Obwohl sie weniger hastete, war sie häufig viel eher auf der Bettenstation zurück als die vielen fanatischen Stürmer.

Peter Hansen beschäftigte sich kurz mit dem Gedanken: "Wie macht sie das bloß? Welchen Trick wendet sie an?"

Diese Beobachtung war ihm allerdings nicht wichtig genug, um der Sache auf den Grund zu gehen. Sicherlich hätte Peter Hansen es schnell vergessen, wenn nicht kurz darauf das mit dem Fahrstuhl passiert wäre. Peter Hansen und die alte Dame warteten wieder einmal auf dem Fahrstuhl. Während er zum wiederholten Male auf dem Knopf hämmerte und die lahme Technik beklagte, lächelte die alte Dame ihn verschmitzt von der Seite an, als wolle sie sagen: "Warum die Aufregung? Deshalb kommt der Fahrstuhl keine Minute früher. Wenn die rechten Zeit da ist, wird auch der Fahrstuhl kommen." Und dass sie mit dieser Einstellung völlig Recht hatte, machte ihn noch viel wütender.

Endlich kam der Fahrstuhl angerattert. Die Türen öffneten sich mit einem saugenden Geräusch. Herr Hansen stürzte hinein und drückte gleich mehrfach die Taste der Röntgenstation. Gerade als er erleichtert das Schließen der Türen bemerkte, schoss blitzschnell die Hand der älteren Dame an seinem Gesicht vorbei und drückte gebieterisch auf den Halteknopf. Mit einem charmanten Lächeln sagte sie entschuldigend: "Dahinter kommt ein Arzt, den wollen wir doch mitnehmen, oder?" Peter Hansen war keiner spontanen Antwort fähig und konnte nur geschlagen nicken.

Später saßen sie nebeneinander in dem überfüllten Warteraum der Röntgenabteilung. Die alte Dame wandte sich mit leiser, aber sicherer Stimme an ihn: „Ich habe sie eben sicher geärgert, als ich den Fahrstuhl anhielt." „Ach was, längst vergessen", rutschte Peter Hansen die Lüge raus. Nun hatte er nicht einmal den Mut, einzugestehen, dass er sich wirklich über diese Kleinigkeit geärgert hatte. Er wandte sich der alten Dame zu: „Sicher, sie haben recht. Ich habe mich geärgert. Warum tun sie das? Spielen Sie den hilfsbereiten Samariter?"

"Nein", entgegnete sie, „die Ärzte haben es doch hier eiliger als wir. Wir liegen doch nur in unseren Betten und versäumen nichts. Da kann man doch ein wenig helfen.“

Dieser einfachen und so zutreffenden Logik hatte Herr Hansen nicht viel entgegenzusetzen. „Man kann halt nicht aus seiner Haut heraus. Ich trage meinen Terminkalender und die Hektik aus dem Geschäft hier in das Krankenhaus hinein.“ Er zuckte ratlos die Schultern.

In seiner Hilflosigkeit hinein bemerkte die Dame mit fast nebensächlichen Ton: „Ich glaube fest daran, dass ich mit meinem Tun andere beeinflusse. Wenn mir etwas nicht passt, dann tragen nicht die anderen dafür die Verantwortung. Dann muss ich mich ändern und damit ein wenig die widrigen Verhältnisse verbessern.“

„Ist das nicht ein wenig zu einfach gedacht?“, erwiderte Peter Hansen skeptisch. „Hier im Krankenhaus leben hunderte sehr verschiedene Menschen mit festen Gewohnheiten und eingefahrenen Vorstellungen. Und wenn nun sie sich allein ändern, dann werden sie damit wohl kaum die hundert Anderen zu einer Veränderung bewegen.“ Daraufhin sah ihn die ältere Dame entrüstet an. Ihre Augen blitzten kampfeslustig. „Bin ich denn gar nichts? Ich bin ein Teil dieser Menschen. Und mit einer Änderung meines Verhaltens habe ich ein Stück die Realität verändert. Das ist doch schon viel! Auf jeden Fall viel mehr als nur zwecklos zu jammern.

Und vielleicht finde ich Gleichgesinnte. Und wenn es nur einer ist, dann haben wir schon die Realitätsänderung verdoppelt."

Herrn Hansen schien dies doch alles sehr naiv, fast kindisch. Unwillkürlich dachte er: „Ältere Menschen werden wieder wie kleine Kinder."

In Gedanken versunken, spürte er ihren prüfenden Blick so, als wolle sie ihn irgendwie abschätzen. Herr Hansen spürte intensiv, dass sie etwas wichtiges, sehr persönliches sagen wollte. Anscheinend fiel die Prüfung zu seinen Gunsten aus, denn sie berichtete ihm von ihrer eigenen Lebenseinstellung. „Ich habe mir ein altes chinesisches Sprichwort zu Eigen gemacht. Es heißt: Ich habe keine Zeit, es eilig zu haben. Und damit lebe ich sehr froh und zufrieden."

„Ja, die alten chinesischen Weisheiten", entgegnete Peter Hansen, „sie sind voller Lebensphilosophie, aber für den Alltagsgebrauch ungeeignet. Scheinbar gelingt es nur ihnen. Denn ich beobachtete in den letzten Tagen, dass sie nie zu Untersuchungen hasten, sich stets Zeit nehmen und doch viel eher fertig sind als die Meisten. Wie machen Sie das? Steckt irgendein Trick dahinter?" Sie lachte herzerfrischend: „Nein, kein Trick. Einfach so. Ich weiß auch nicht, wie ich es erklären soll."

Sie saßen eine Zeit lang schweigen beieinander. Er spürte, dass sie intensiv nachdachte. Plötzlich schien sie einen Entschluss gefasst zu haben, denn sie nickte und sprach: „Vielleicht kann ich es ihnen mit einer kleinen Geschichte verdeutlichen, die mein Mann mir vor langer Zeit einmal erzählte. Er war Verkaufsleiter einer großen Firma und brachte sie einmal von einer langen Reise aus dem Orient mit." Mit gespannter Aufmerksamkeit lauschte Herr Hansen ihrer Geschichte.

Zwei Kaufleute gingen gemeinsam zu einer weit entfernten Stadt, um dort ihre Waren anzubieten. Der Weg war recht beschwerlich. Der jüngere Kaufmann trieb immer mehr zur Eile an, weil er möglichst schnell die Stadt erreichen und sein Geschäft abschließen wollte. Da sprach der Ältere zu seinem Kollegen: „Du hastest mir zu sehr und bist in deinem Gedanken nur beim Geschäft. Außerdem ist mir der Weg auf dieser staubigen Landstraße zu beschwerlich. Ich werde die etwas längeren Nebenwege durch den Wald nehmen und ein wenig Natur und Landschaft genießen. Gehe du schon vor und verrichte deine Geschäfte." Dem jüngeren Kaufmann war dies sehr recht nun brauchte er keine Rücksicht mehr auf den älteren Kollegen zu nehmen und konnte noch schneller marschieren. Im Eiltempo erreichte er schließlich die Stadt, war jedoch von seinem mühsamen Gewaltmarsch so angestrengt, dass er zunächst in einer Herberge ein Zimmer nahm, um vor den schwierigen Geschäftsverhandlungen auszuruhen.

Der ältere Kollege, der den längeren, abwechslungsreichen Weg nahm, erreichte zwar später die Stadt, fühlte sich jedoch eher ausgeruht und voller Spannkraft. Er nahm sofort seine Geschäfte auf und konnte schon bald gute Abschlüsse tätigen. Als er sich gerade auf dem Heimweg begeben wollte, traf sein jüngerer Kollege, der zwischenzeitlich in der Herberge geruht hatte, ein. Dieser konnte jedoch keine Kunden mehr finden, alle hatten bereits bei dem älteren Kollegen genügend eingekauft. Er musste sich unverrichteter Dinge wieder auf dem Heimweg begeben. Seine Hast und Unruhe hatten sich nicht ausgezahlt.

Diese kleine Geschichte rief im Peter Hansen längst verschüttete Erinnerungen wach. Erinnerungen an ständige Terminhetze, strapaziöse Flugreisen und ewiges Hinterherjagen. In den letzten Monaten hatte er sich selbst irgendwie in einer Sackgasse der Sinnlosigkeit gefühlt. Und diese Geschichte löste ihn ihm die Ahnung zu einem sinnvollen Ausweg aus dieser Einbahnstraße aus. Nach langem Schweigen hörte er sich plötzlich sagen: „Verehrte gnädige Frau, sie haben einen Nachahmer und Verbündeten gefunden. Ich will diese Lebensweise gleich hier im Krankenhaus ausprobieren." Mit ihrem charmanten Lächeln erwiderte sie: „Das freut mich. Nun sind wir schon zwei. Damit haben wir die Realitäten ganz erheblich zu unseren Gunsten verändert."

Über diesen unerschütterlichen Optimismus musste Peter Hansen lächeln. „Sie haben mir sehr geholfen. Dabei kenne ich nicht einmal ihren Namen." Mit einem Schalk in den Augen antwortete sie: „Nennen Sie mich einfach Oma Anna. Und nun wünsche ich Ihnen viel Erfolg auf den neuen, langsamen Wegen!"

Herr Hansen hatte schon bald Gelegenheit, seine guten Vorsätze in die Tat umzusetzen. Es war wieder im Fahrstuhl. Diesmal war es ein übergewichtiger Herr, der nervös auf den Wahltasten herumtrommelte. Nun war es Peter Hansen, der im letzten Moment das Schließen der Türen verhinderte, um einer eiligen Krankenschwester Gelegenheit zum Mitfahren zu geben. Ein wütendes Schnauben des beleibten Herrn traf ihn: "Was soll dieser der Blödsinn? Ich habe es eilig! Ich muss schnell in die Bäderabteilung."

Bewusst freundlich entgegnete Peter Hansen: „Die Schwester hat doch viel zu tun. Und das Warten dauert weniger als eine halbe Minute." Damit hatte er aber den Zorn erst richtig angestachelt. „Haben Sie eine Ahnung! Das hat bestimmt drei Minuten gedauert! Und dafür muss ich beim Baden sicher eine halbe Stunde länger warten. Mit welchem Recht klauen Sie mir eine halbe Stunde? Was könnte ich in dieser Zeit nicht alles machen!"

Die Argumente hörten nicht auf, obwohl beide längst die Bäderabteilung erreicht hatten. Herr Hansen hatte gar keine Gelegenheit, auf die Argumente einzugehen, hörte nur noch das Geschimpfe in den Gängen verschwinden. Irgendetwas muss er falsch gemacht haben. Aber was nur? Ihn beschlichen Zweifel, ob Oma Annas Lebensweisheiten wirklich so gut waren.

Dies musste er sofort klären. Zeit genug hatte er ja im Krankenhaus. Bei einer Tasse Kaffee erzählte er Oma Anna von seinem ersten Versuch, von dem totalen Reinfall und den Zweifeln, die ihm gekommen waren. Schließlich hatte er ja dem übergewichtigen Herrn Zeit gestohlen, vielleicht keine halbe Stunde, aber immerhin!

Oma Anna amüsierte sich köstlich über seine Erzählung. „Sie sehen das alles zu ernst, zu verbissen. Warum streiten Sie mit dem Herrn, ob das Warten einer halbe oder ganze drei Minuten dauert. Ihr streiten hat mehr Zeit und Energie verschwendet, als das ganze Warten. Wir müssen das ganze viel leichter – ja spielerisch sehen."

Nun war Herr Hansen entrüstet: „Spielerisch? Zeit ist eine ernste Angelegenheit! Heißt es nicht zu Recht Zeit ist Geld? Und sie machen daraus ein Spiel? Unser Leben ist doch kein Spiel!"

Oma Anna lachte fröhlich. „Genau das ist es! Sie haben den Nagel auf den Kopf getroffen. Unser Leben ist nicht nichts anderes als ein Spiel. Praktisch wie beim Fußball oder Roulette. Wir setzen selbst unsere Chips. Und nicht der Lauf der Roulettekugel bestimmt, ob wir gewinnen oder verlieren, sondern wir allein durch unser Setzen. Und wenn wir nun nur verbohrt auf eine Zahl starren, verlieren wir."

Nun, dies ging Herrn Hansen viel zu weit. Er weigerte sich strikt, sein Leben als Roulettespiel zu betrachten. Wo kommen wir denn dahin? Wo bleibt denn da der Ernst des Lebens? Sollte er etwa sein Betrieb auch nur als ein Spiel betrachten?

Oma Anna nickte lebhaft. Und wieder versuchte sie ihn mit einer kleinen Geschichte etwas tiefer in ihre Lebensphilosophie einzuführen.

"Ein Unternehmensberater erzählte mir einmal eine Begebenheit, die sich tatsächlich so zugetragen haben soll. Das von ihm beratene Unternehmen hat ein neues Produkt herausgebracht und zwei Verkäufer zusätzlich eingestellt, die dieses Produkt vertreiben sollten. Der eine Verkäufer war ein ausgebuffter Profi, hatte alle Verkäuferseminare besucht, beherrschte alle Tricks, um andere zu überzeugen. Der Profi ging mit all` seinen antrainierten Fähigkeiten ans Werk und erreichte anfänglich erstaunliche Verkaufszahlen. Doch bereits nach wenigen Monaten ging der Umsatz zurück. Und obwohl er täglich noch mehr Termine machte, sein ganzes Repertoire abspielte – er konnte die Verkaufszahlen nicht steigern.
Bei dem anderen Verkäufer war es genau umgekehrt. Er hatte nur wenig Verkaufserfahrung und die Stelle nur bekommen, weil er einen natürlichen und ehrlichen Eindruck machte. Er verkaufte anfangs relativ wenig. Doch sein Umsatz kletterte beharrlich in die Höhe, überschritt schnell die Erfolge des Verkaufsprofis und wuchs immer weiter.
Der Unternehmensberater brachte nun die beiden Verkäufer zusammen, damit Sie Ihre Erfahrungen austauschen konnten. Der Verkaufsprofi war verzweifelt, weil er trotz seiner fast doppelt hohen

Anzahl an Besuchstermin weniger verkaufte. Der junge Kollege meinte dazu etwa schüchtern, dass vielleicht in diesen Anstrengungen das Problem liege. Er stelle sich vor, dass sein Kollege ungeduldig wie ein Löwe im Käfig herumliefe, wenn er einmal bei einem Kunden warten müsste. In Gedanken wäre er dann sicherlich bereits bei einem anderen Kunden, dem er während dieses Zeitverlustes etwas verkaufen könnte. Er könne sich dann gar nicht auf seinen nächsten Gesprächspartner konzentrieren, hätte dann vielleicht eine negative Grundeinstellung, und dann würde aus dem Geschäft nichts.

Er selbst, der wenig erfahrene Verkäufer, sehe das Ganze viel lockerer. Egal, wie lange er warten müsse, sein nächster Kunde wäre immer der Wichtigste. Im Gespräch würde er versuchen, den Kunden als Menschen zu erfassen, seine Bedürfnisse zu ergründen und wie er ihm mit seinem Produkt dabei helfen könne. Er würde nie versuchen, jemand etwas gegen seine Bedürfnisse aufzuschwatzen. Dann würde er lieber wieder ohne Abschluss gehen. Ihm läge sehr an zufriedenen Kunden, die sein Produkt auch wirklich gebrauchen können. Und das spreche sich herum. Mittlerweile würde er von zufriedenen Kunden weiter empfohlen, brauche selbst weniger Besuche zu machen. Die Kunden kämen praktisch von selbst zu ihm. Er endete sein Bericht mit den Worten: "Wissen Sie, das Verkaufen ist für mich wie ein Spiel. Mal gewinne ich. Mal verliere ich. Die Misserfolge vergesse ich sofort und pflege meine Erfolge. Und mit der

Zeit werden es immer mehr Erfolge. Die Erfolge machen mich stark und sicher. Ganz einfach wie beim Fußballspiel."

Herrn Hansen leuchtete diese Geschichte ein. Er hatte in seinem Betrieb selbst ähnliche Erfahrungen gemacht, sie aber nie von dieser lockeren, spielerischen Seite betrachtet. In seiner Nachdenklichkeit hinein sagte Oma Anna: „Dieses Lebensspiel ist meine Art zu leben – wie beim Mensch-ärgere-Dich-nicht. Es kommt nicht darauf an, möglichst viele Figuren durch übertriebene Aktivitäten aufs Spielfeld zu bringen, sondern seine vier Figuren ins eigene Häuschen zu schaffen. Wir verlieren oft das Ziel aus den Augen und strampeln uns immer mehr ab, ohne zu wissen, wohin wir eigentlich wollen. Aber das ist meine ganz persönliche Einstellung. Es gibt sicherlich kein Rezept. Sie werden für sich selbst ein passendes Lebensspiel finden müssen."

Diese alte Dame setzte Herrn Hansen schon sehr zu. Er wollte es weiter versuchen und wagte einen neuen Anlauf beim Fahrstuhlfahren. Diesmal war der Fahrstuhl recht voll – einige Männer und Frauen sowie drei Kinder –, als er wieder die Weiterfahrt stoppte, um noch einen eiligen Arzt mitzunehmen. Diesmal war es eine Frau die Peter Hansen böse von der Seite anstarrte und Unverständnis äußerte. Linkisch erklärte er: "Entschuldigen Sie bitte, es ist nur ein kleines Spiel. Oma Annas Spiel." Die Kinder riefen spontan: „Ein Spiel? Dürfen mitmachen?" und auch die Erwachsenen blickten alle verwundert und riefen im Chor: "Spiel? Was für ein Spiel? Was soll das?"

Herr Hansen erklärte ihnen, dass es nicht besonders sei: „Wir spielen nur, wer beim Fahrstuhlfahren anderen am Meisten helfen kann: Eiligen Ärzten, Pflegepersonal, alten Menschen." Selbst der mitfahrende Arzt hörte interessiert zu und meinte, dies wäre ein schönes Spiel, dass ihm die Arbeit sehr erleichtern würde.

Und dann passierte etwas Erstaunliches. Beim Fahrstuhlfahren bemerkte Peter Hansen immer mehr Patienten, die darum wetteiferten, anderen die Türe offen zu halten. Schon bald hing auf der Bettenstation am Schwarzen Brett ein Blatt mit der Überschrift „Oma Annas Spiel". Dort trugen Patienten mit Strichen ein, wie vielen Personen sie tagsüber geholfen hatten. Am eifrigsten waren die Kinder. Sie führten schon bald ganz klar bei diesem Wettkampf. Ein kleiner Kerl namens Karl war gar nicht mehr aus dem Fahrstuhl weg zu kriegen.

Nur der übergewichtige Herr, Peter Hansens erster Misserfolg, wollte nicht mitspielen. Er verlangte erst klare Regeln, denn so könne ja jeder mogeln und beliebig viele Striche eintragen. Doch keiner kümmerte sich um diesen Einwand.

Nur am letzten Tag seines Krankenhausaufenthaltes war es ausgerechnet der übergewichtige Herr, der den anfahrenden Fahrstuhl stoppte, um Herrn Hansen noch mitzunehmen. Da Herr Hansen in

Hut und Mantel war, ein Blumenstrauß in der Hand hielt, wurde er nicht sofort erkannt und für einen eiligen Besucher gehalten. Als der übergewichtige Herr Peter Hansen erkannte, murmelte er verlegen: "Na ja, ich hatte gerade Zeit." Und dann viel energischer: „Aber bei diesem blöden Spiel mache ich nicht mit."

Herr Hansen war auf den Weg, um sich von Oma Anna zu verabschieden und sich mit einem Blumenstrauß für die schönen Stunden mit ihr zu bedanken. Beide freuten sich darüber, dass Oma Annas Spiel so gut funktionierte. Und beide fühlten sich nicht als Verlierer, da sie die wenigsten Striche auf dem Zettel am schwarzen Brett hatten.

Dieses kleine, völlig belanglose Ereignis mit Oma Annas Spiel hat Peter Hansens Leben vielleicht stärker beeinflusst als große Teile seiner Ausbildung. Mit der Zeit wurde sein Leben immer mehr zu seinem ganz persönlichen Spiel. Was früher große Probleme bereitete wurde nun zu einer interessanten Aufgabe. Alles im beruflichen und privaten Bereich verlief immer einfacher – fast spielerisch.

Herr Hansen hat Oma Anna später nochmals im Krankenhaus besucht und ihr von seinen kleinen Spielerfolgen erzählt. Sie hat sich sehr darüber gefreut. Bei seinem zweiten Besuch erklärte ihm die Stationsschwester, dass Oma Anna vergangene Woche gestorben sei. Ganz still und zufrieden wäre sie eingeschlafen. Sie hätte aber einen Brief für einen Herrn Hansen hinterlassen. Eine Adresse habe sie nicht gewusst. Sie sei aber ganz sicher gewesen, dass Herr Hansen diesen Brief abholen würde. Wieder einmal hatte sie Recht behalten

Nun saß Peter Hansen nachdenklich im Krankenhauspark auf einer Bank. Diese kleine Frau, die so gescheite Oma Anna, war einfach gestorben. Und nun las Peter Hansen ihren Abschiedsbrief.

Lieber junger Freund,
nun ist es bald soweit. Mein Lebensspiel ist vollendet. Ich weiß sicher, dass ich in wenigen Stunden von dieser Bühne abtreten werde. Ich verliere zwar mein jetziges Leben, fühle mich jedoch als Gewinnerin. Ich habe ein erfülltes Leben gelebt. Nun ist der richtige Zeitpunkt gekommen, es aufzugeben, um ein Neues zu beginnen. Denn nur wenn ich das freigebe, was ich heute habe, kann ich etwas Neues bekommen. Ich weiß, dass wir uns wiedersehen werden. Vielleicht erinnern wir uns dann nicht mehr daran, was vorher war. Gleichwohl freue ich mich darauf, den die Stunden mit ihnen waren für mich ein Gewinn.
Sie haben diese alte, törichte Frau mit dem Fahrstuhltick ernst genommen. Wir haben miteinander geteilt und sind dadurch reicher geworden. Nun habe ich noch eine letzte Bitte. Geben Sie das, was sie für sich persönlich erfahren haben, an andere weiter. Dann reißt die die Kette niemals ab und wird fortwährend lebendig bleiben.

*Ich wünsche Ihnen weiterhin ein erfülltes Lebens-
spiel.*
Ihrer Oma Anna

Herr Hansen hat nie ihren richtigen Namen erfahren. Sich auch keine Mühe gegeben, ihn herauszu-
finden. Er hat auch nie ihr Grab besucht. Sein Leben lang hat und wird er jedoch begeistert ihren
letzten Wunsch erfüllen. Er entdeckte freudig immer neuere Varianten des Lebensspiels und hat
diese an andere Menschen weitergeben – nicht um
sie mit missionarischem Eifer zu überzeugen und
zu bekehren, sondern einfach nur als Wegweiser
zu den tausend verschiedenen Wegen neben der
staubigen, mühseligen Landstraße.

Dies geschah einmal in seine Familie. Seine Kinder spielten tausend verschiedene Oma Anna
Spiele. Oma Anna wurde für sie zu einem Symbol
für die anderen, spielerischen Lebenswege.

Ebenso erging es ihm im Beruf. Das einfache Vor-
leben erzeugte zwar hin und wieder Kopfschütteln
und Ablehnung. Aber er fand ebenso viele Gleichgesinnte. Nur die Erwachsenen konnten nicht wie
die Kinder die neuen Wege einfach so hinnehmen,
wie sie waren. Sie benötigen dazu eine Straßen-
bezeichnung. Und Oma Annas Spiel war für sie ein
nichts sagender, eher kindischer Begriff. Und so
wurden **O**mas **A**nnas **S**piele umgewandelt in **O**r-
ganisation **A**dvantaged **S**ystem – oder kurz: Management by **OAS**.

Herr Hansen war sicher, Oma Anna hätte dies mit Heiterkeit und Zustimmung aufgenommen. Es ist ja nur ein Spiel!

Übrigens, die Begegnung mit Oma Anna liegt nun über dreißig Jahre zurück. Peter Hansen war nie wieder im Krankenhaus, ist nie wieder ernstlich krank geworden. Ob das auch etwas mit Oma Annas Spiel zu tun hat?

Von Jürgen Hogeforster sind weitere Erzählungen und Romane erschien:

Das Leben danach
oder
Der Stein der Veränderung

Nach den Terroranschlägen am 11. September 2001 gerät das Vorstandsmitglied einer großen deutschen Bank in eine Demonstration. Eine junge Frau drückt ihm einen Stein in die Hand und fordert ihn auf: „Wenn du ohne Schuld bist, dann werfe diesen Stein."

Nachdem diese Szene im Fernsehen ausgestrahlt wird, überschlagen sich die Ereignisse. Bereits wenige Tage später findet sich der Banker in Thailand wieder. Und hier holt ihn seine Schuld ein.

Einige Jahre verbringt er bei einem Mönch in einer einsamen Felsenhöhle, bis er schließlich den Traum seiner Kindheit wieder findet: Er hat gelebt, denn er hat einmal selbstlos geliebt.

Der Club der runden Gesichter

wurde von der kleinen Elisabeth gegründet, die mit sehendem Herzen durch die Welt geht. Die Lehren aus zweiundzwanzig Begegnungen bezeichnet sie als ihr Saatgut. Sie beschreitet den Weg der geistigen Meisterschaft und findet Erfüllung.

Die Ringe des Lebens

werden etwa zeitgleich von einem jungen Mann entdeckt, der das Leben studiert. Auf seinem verantwortungsvollen Weg erreicht er wahre Freiheit und harmonisches glücklich Sein.

Die Geistlosigkeit der Medien

führen beide fünfunddreißig Jahre später zusammen. Sie geraten in die erbarmungslose Maschinerie der Me-dien, werden von der schweigenden Mehrheit gehetzt. Der Treibjagd können sie nur ihre Werthaltungen, die sie seit ihrer Jugend erworben haben, entgegensetzen. Für sie gibt es keine Alternative; nur Eines wird nicht verziehen.

Utopia 2025 – Zukunft ist jetzt

Zukunft ist nicht etwas weit Entferntes. Jeder momentane Gedanke, jedes aktuelle Handeln, bestimmt das Morgen:

ZUKUNFT IST JETZT

Eine Bildungspolitikerin der Europäischen Union wird in Litauen mit der Vergangenheit ihrer Familie, mit der Feudalherrschaft ihres Großonkels als Gutsbesitzer in Litauen konfrontiert. Sie versucht mit dem Bewährten aus der Vergangenheit Zukunft zu gestalten und eine alte Dorfschule zu retten. Können Kultur und Pädagogik von gestern neue Wege weisen?

Ein junger Mann schlägt nach dem Studium alle Karrierechancen aus und macht sich auf den Weg, seine Insel Utopia zu finden. Nach einer abenteuerlichen Reise durch den nahen und fernen Osten mit schier unglaublichen Erlebnissen kehrt er nach fünfzehn Jahren in seine Heimat zurück. Hier beschließt er, gemeinsam mit seinem Jugendfreund Utopia 2025 zu realisieren.

In einer einst wohlhabenden Stadt, die nun in große wirtschaftliche und gesellschaftliche Probleme geraten ist, taucht plötzlich ein Fremder auf. Er weckt in den Menschen Sehnsüchte und fordert sie zu neuen Wegen der Zukunftsgestaltung auf. Werden die Menschen folgen und wird Politik dies überhaupt zulassen?

Drei fesselnde Erzählungen und zugleich mutige Wegweiser in die Zukunft.

Langsam schneller sein -
Auf dem Pfad der Liebe

Der Politiker Gerhard Potter ist rastlos tätig. Nie gönnt er sich Zeit zur Muße, bis er auf einer Reise nach Nepal einen Mönch trifft, der ihn zum Verweilen im Kloster einlädt. Hier, in der Abgeschiedenheit, herausgelöst aus den selbstauferlegten Zwängen, erzählt der Politiker die zum Teil phantastisch anmutenden Geschichten von zwölf Menschen, die einen eigenständigen Weg gingen und irgendwie an ein geheimnisvolles, ihm nicht zugänglichen Wissen angeschlossen schienen.

Der Mönch deutet ihm jede dieser Begegnungen als Pfade, die zu einem erfüllten Leben führen, und lehrt ihn den Pfad, in dem alle anderen gipfeln und der den Menschen zu den höchsten Zielen führt: den Pfad der Liebe. Auch erfährt Potter am Ende, dass die Kraft in der Ruhe liegt und der Mensch mit der Klarheit des Geistes in vielen Situationen langsam schneller zum Ziel kommt. So erschließt sich ihm der tiefere Sinn des nepalesischen Sprichwortes „Wir haben keine Zeit, es eilig zu haben".

Dieses Buch eröffnet dem Leser eine Vielfalt von erstaunlichen und beglückenden Erkenntnissen über einen Wertewandel, der das private und öffentliche Leben auf eine neue Grundlage stellt. Es zeigt aber auch Möglichkeiten auf, wie diese Neuorientierung der Werte, in die Realität umgesetzt, zu einem kreativen und erfüllten Leben in der Gemeinschaft führen kann.

Jakobs Wissen

In der St. Michaelis-Kirche in Hamburg wird ein Gottesdienst zum Epiphanias Tag gefeiert. Anstatt einer Predigt hält ein alter Mann namens Jakob eine recht seltsame Ansprache.

Einige Monate später findet die Glaubenswoche in einer katholischen Kirchengemeinde in Hamburg statt. Ein Fremder erzählt ein mysteriöses Märchen: Was glauben Sie eigentlich?

Was verbindet diese beiden kirchlichen Veranstaltungen miteinander?

Der Fremde muss erfahren, dass seine noch so schnelle Flucht vom Flug des Schmetterlings eingeholt wird. Es kommt zu einer schicksalhaften Begegnung; der Schmetterling verändert die Welt und führt zu Jakobs sieben Wegen der Erkenntnis.

Sternenhöhlen

Ein Mann hat alles in seinem Leben erreicht, sodass er sich zufrieden zurücklehnen und einen geruhsamen Lebensabend genießen kann. Doch dann beginnt erst das Abenteuer seines Lebens.

Er schließt im Hamburger Rathaus Freundschaft mit einem alten Mann, der ihn wach rüttelt, die Freiheit als Frechheit der Sklaven bezeichnet und ihn auffordert, sich täglich mindestens einmal zu blamieren. Dieser Freund findet im Bayreuther Festspielhaus den Tod und hinterlässt ihm den Schlüssel zur Tor der Freiheit, das er in einer Höhle in den Bergen Nordthailands finden soll. Es beginnt eine abenteuerliche Reise.

Spiel des Lebens
Adler, Narr und Schmetterling

Ein betagter Mann bittet seine zwei erwachsenen Kinder ihn die noch verbleibenden drei Tage bis zu seinem Tod zu begleiten. Den entsetzten Kindern bleibt keine Wahl, diesem letzten Willen in einem abgeschiedenen Berg Tal der Rocky Mountains zu entsprechen.

Der Vater schildert ihnen seinen Lebensweg, der immer wieder neue abenteuerliche Richtungen einschlägt. Beginnend mit der Geburt auf einer einsamen Insel und einem Studium des Lebens in verschiedenen Erdteilen, entführt der Vater seine Kinder auf eine merkwürdige Reise zu einem Arzt im Kaukasus, in die Schneewüsten Kanadas, in die Gluthitze der Sahara, zu einem teuflischen Betrug in Mittelamerika bis hin zu einer Kathedrale mit einem merkwürdigen Grab in Polen. Ein mysteriöser Adler begleitet diese Lebensreise und veranlasst den Vater zu der dringenden Bitte, seine Kinder sollen ihm helfen, auf dem Gipfel des Adlerfelsens seinen Tod durch Übergang in einen anderen Zustand zu finden.

Die spannende Reise durch ein ereignisreiches Leben vermittelt den Kindern tiefgehende Erkenntnisse zu aktuellen gesellschaftlichen Herausforderungen und zur Gestaltung der Zukunft. Schließlich erfahren sie in einem Spiel des Lebens, das ein Harlekin unter einer mächtigen hohlen Eiche in Nordpolen aufführt, Geheimnis und Bedeutung von Adler, Narr und Schmetterling.

Wachstum ohne Grenzen

Der Mensch beutet die Natur aus, Umweltbelastungen erreichen bedrohende Ausmaße. Verfolgt werden Effizienzsteigerungen, um den schädlichen Fußabdruck des Menschen möglichst klein zu halten. Wenn der Mensch dagegen von der Natur lernt, Umweltgüter nicht verbraucht, sondern gebraucht und alles wieder zurückführt, bestehen keine Grenzen. Eine Realisierung verlangt allerdings neues Denken und Systemänderungen.

Arbeitsteilung, die großes Wohlstandswachstum ermöglichte, hat ihre Grenzen bereits überschritten. Die Folgen sind hohe Arbeitslosigkeit sowie Unterdrückung immaterieller Werte und Anhäufung von Krankheiten. Durch Kooperation und mit Hilfe neuer Technologien sind wieder ganzheitliche Arbeitsformen mit einem Wachstum ohne Grenzen möglich.

Weltweite Wirtschaftsrezessionen und internationale Finanzkrisen werden als kleinere Betriebsunfälle abgetan. Dabei sind es unübersehbare Signale: Das vorherrschende System ist zum Wachstum verurteilt, kann aber Wachstum nicht mehr hervorbringen. Wo aber Wachstum aufhört beginnt der Tod, der nur durch Systemerneuerungen überwunden werden kann.

Unter verschiedenen Blickpunkten werden nicht nur bestehende Grenzen dargestellt, sondern konkrete Strategien, Maßnahmen und praktische Beispiele für eine Erneuerung des wirtschaftlichen und gesellschaftlichen Systems mit einem Wachstum ohne Grenzen aufgezeigt.

Herstellung und Verlag:
BoD - Books on Demand, Norderstedt
ISBN 978-3-7386-3639-0